千若·著

新世界出版社
NEW WORLD PRESS

图书在版编目(CIP)数据

爱神终极之恋 / 千若著.—北京:新世界出版社,2012.5
ISBN 978-7-5104-2749-7

Ⅰ.①爱… Ⅱ.①千… Ⅲ.①长篇小说－中国－当代
Ⅳ.①I247.5

中国版本图书馆CIP数据核字(2012)第062465号

爱神终极之恋

作　　者:千　若
责任编辑:冀　晖
责任印制:李一鸣　黄厚清
出版发行:新世界出版社
社　　址:北京市西城区百万庄大街24号(100037)
发行部:(010)6899 5968　(010)6899 8733(传真)
总编室:(010)6899 5424　(010)6832 6679(传真)
http://www.nwp.cn
http://www.newworld-press.com
版权部:+8610 6899 6306
版权部电子信箱:frank@nwp.com.cn
印　　刷:三河市金元印装有限公司
经　　销:新华书店
开　　本:660×960　1/16
字　　数:200千字　印张:13.75
版　　次:2012年5月第1版　2012年5月第1次印刷
书　　号:ISBN 978-7-5104-2749-7
定　　价:25.00元

目录
CONTENTS

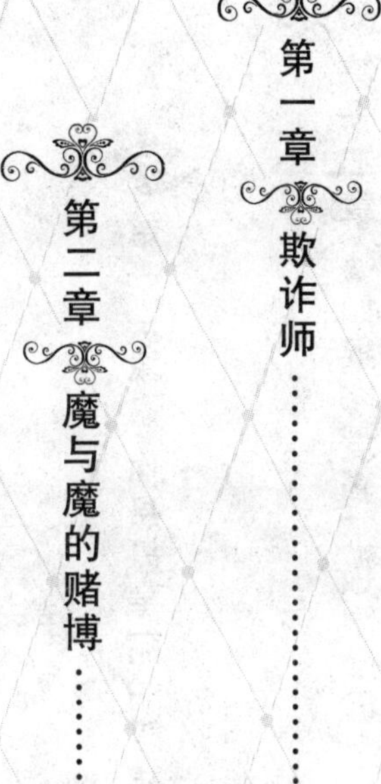

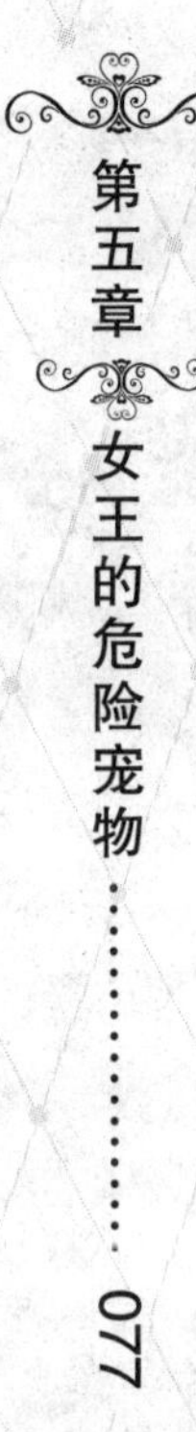

目录
CONTENTS

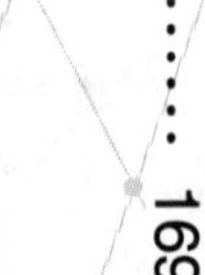

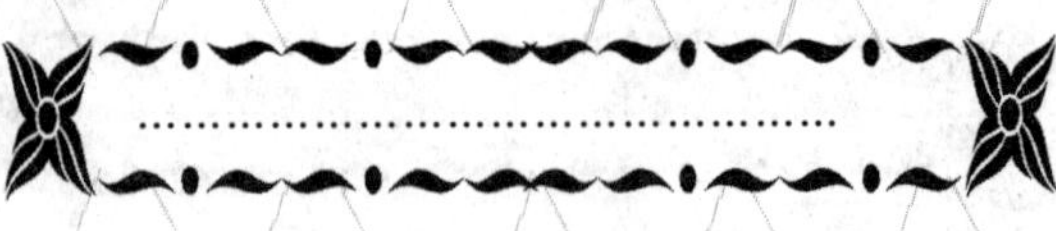

序 章

Preface

被殇夕利用的吸血鬼回到人间，还是无法抵挡黑夜流沙的侵蚀，陆续倒在街头，成为了另一种“吸血鬼猎人”的食物。

一个高傲的少女站在屋顶上，笑看着魔鬼们吃掉体内存有黑夜流沙的吸血鬼，冷眼看着他们像吸血鬼一样陆续倒下，化为灰烬……

谁说黑夜流沙已经被消灭了？像空气一样的黑夜流沙比神更难捉摸，这个世界没有人能够控制它，只有人能够利用它。

鲜血从额头流到了脸上，跟苍白的脸色成了最强的对比，虽然只能看清剩下的大半张脸颊，但依然看得出她是一个世上绝无仅有的美人。她没有涂脂抹粉，清秀的眉毛下，一双倔强的眼珠在燃烧着仇恨，透彻的唯美却让人一见难忘，甚至像一只可以摄取对方灵魂的魔鬼；娇俏可人的五官，犹如美神细心雕刻出来的最完美成品；娇小却挺秀高昂的鼻子下，两片冷艳的嘴唇鲜红如血，犹如一个刚刚吸过血的女王，霸气肆然外露，无人能及。

冷艳的少女站在一个孤独的角落，视死如归地盯着远方，那些熟悉的族人，那些可恨的亲人，还有那个曾经说过会保护自己却临阵退缩的少年。

光寂年正月初一，今天是她的生日，同样也是她又要付出血液的日子。每年的今天，她都被迫把能够流出来的血捐给王族。今天，她的血流成一件血红色的衣裳，但以后她再也不会让血液白流。

她，渐渐地跟王族隔开了，由她引进古寂王族的黑夜流沙，成了古寂王族的魔鬼们最诡秘的敌人。大家渐渐淹没在黑夜之中，唯独她，背着黑夜走向了光明。

她是古寂王族的罪人，历史上最冷血的公主。

魔鬼恨她，但，她更恨魔鬼。

第一章

欺诈师

1.

“洛珈……”一声娇滴滴的呼唤，顿时把夜洛珈的神经都麻痹了，浑身酥软不堪的男子根本无法思考，无论她说什么，他都会答应。

赏金区的大巫师说过，他跟吸血鬼很有缘，吸血鬼会给他带来好运，没想到这一次抽取吸血鬼血液的任务居然使他遇到了这位绝色美人。

每一次看到她，她都是如此的美丽。特别是那一双明明有着摄魂危险的眼睛柔情地看着你的时候，在那丰满却粉嫩的嘴唇微微颤动时，好像在施展着无尽的诱惑，却又不能让人靠近一步。

“小桃……”夜洛珈尝试贴近跟前的小桃，她却扁住双唇，后退了两步。

“小桃，为什么这么害怕我?”夜洛珈真的不明白，他们的相遇，明明是因为他救了受伤的她，为什么她却像小猫一样害怕自己呢?

每一次，小桃都不敢回答，怯怯地躲开了夜洛珈的视线。相处了一个星期之后，夜洛珈还是无法捉摸这个变化如天气的少女的心理。

“洛珈，我的伤已经好了，接下来你要去哪里啊?”小桃再次在夜洛珈失落的时候给以柔情的安慰。

小桃仿佛提醒了夜洛珈一件几乎已经被遗忘了的事情，他来到这个地方是为了一个任务！夜洛珈沉思了一下，努力找到最好的答案，再道：“我要回组织一下，小桃，你可以在这里等我吗?”

小桃又扁了扁嘴巴，怯怯地看着夜洛珈的口袋，良久，终于吐出压抑已久的不安："你要带那瓶很可怕的液体回去吗?"

夜洛珈猛地一愣，迟疑地发现小桃居然早就知道自己的口袋里装着一瓶奇怪的液体。

"洛珈，不要去！不要把这东西交给任何人，它会害死人的！"小桃突然激动起来，急得泪水飞溅而出。

夜洛珈大惊失色，急忙跑上前，下意识抹掉小桃的眼泪，却迟疑地发现这一次小桃居然没有躲避。

"答应我……答应我把它丢掉，不，埋葬起来，不交给任何人好吗?"小桃首次主动握住夜洛珈的大手，哽咽地哀求道，"我好怕……洛珈，我真的好怕，我有一种不祥的预感，那东西会害死我们，会害死所有人的！"

"好！好！好！我答应你，我不把血液带回组织！"夜洛珈连忙安慰，见小桃稍微冷静下来，她苦涩的嘴角终于扬起一道天使般甜美的笑容，夜洛珈才松了一口气，放肆地试探道，"但是我始终要回组织交代的，不如这样，我把血液埋在泥土里，然后你在这里等我，我回组织交代之后就立刻回来找你！"

小桃嘟了嘟嘴巴，好像不太情愿，但还是轻若无声地喃喃道："嗯……好吧……你先把它藏起来吧……"

"好，我立刻去！"夜洛珈立刻转身，欲走出屋子时，又不禁回头望了小桃一眼，仿佛生怕她会逃跑一般。

小桃也同时犹豫了一下，再怯怯地问道："洛珈……我……我能够跟你一起去吗?"

"你不相信我吗?"

小桃没有安慰夜洛珈，只是用扁住的双唇来表示默认。

夜洛珈无奈一笑，自我安慰道："对于你来说，这是一件很重要的事情吧，这样也对的，一起去吧！"

语毕，夜洛珈大胆地回头牵起小桃的纤手，就凭她没有躲避这一点，夜洛珈已经觉得一切都是值得的。

在这个荒废的小屋附近，长满了杂草，夜洛珈只是随手铲除一些杂草，已经可以把血液埋在泥土里面了，而且这样也方便他做一个记号。

完成了小桃的心愿，她却没有立刻松一口气，一边走开一边不时回头，担忧地看着那个被埋葬的位置。

见状，夜洛珈怡然一笑，安慰道："傻瓜，没事的，离屋子有这么远的距离。"

"我还是有点怕。"

"不如这样吧，今晚我陪你一晚，明天再走。"

小桃一闻，立刻欣喜若狂地点头。

当夜洛珈想温柔地牵着她的手带她回去的时候，小桃已经迫不及待地跑回小屋了。

晚饭后，他们各自回到自己的房间，夜洛珈在狭窄的空间里凝重地等待着。

一切都很安静，犹如全世界都沉睡了。

没错，他就是要等待这一刻。那个难得存有黑夜流沙的吸血鬼的血液，他不可以失去，但小桃同样重要，夹在两者之间，他只有偷龙转凤，用一瓶假血来换掉泥土里面的真血。

夜洛珈小心翼翼地前进，可惜才稍微走出屋子十几米，突然被一层透明的东西阻隔了去路，他没有直接碰到透明层，却已经感受到那隐藏的妖气，淡淡的，却潜伏着无法形容的强大力量。

突然压迫而来的恐惧让夜洛珈浑身的神经都绷紧了，但他居然第一时间想到了小桃。

"小桃！"夜洛珈差点要跑回小屋保护小桃，前方却突然有一个身影站了起来，吸引了他的注意力。

虽然还有几十米的距离，而且黑夜笼在她的脸颊上，但从这完美的身材来看，夜洛珈联想到了小桃。

“小桃?”夜洛珈忍不住做出如此可怕的猜测。

少女抛了抛手中的瓶子，血液在玻璃瓶里面翻滚。少女勾起诡异的嘴角，大胆向夜洛珈走近，仿佛对自己的结界很有信心。

“小桃? 真的是你?”哪怕小桃的样子已经变清晰了，夜洛珈还是感觉难以置信。

“这是存有黑夜流沙的吸血鬼的血，我不能交给你。”

“好吧，小桃，我真的不会带回组织了。”夜洛珈首先投降了，但小桃也看得出他的目的已经不再是这瓶血液，而是小桃的心。

“夜洛珈，别傻了，真正的小桃不是那白痴性格，这瓶血我不会交给你，我的心也不会交给你。”

夜洛珈顿时明白了一切，这是一个残酷的陷阱，他是如此地相信这个少女，她居然为了这瓶血液而接近他?

小桃默默后退，就像快要消失一般。夜洛珈失色，不禁伏在充满压迫感的结界上，失控地喊道：“小桃，回答我一个问题好不好?”

小桃停下了脚步，眯着眼睛，默默地凝视着他，像一只狐媚的猫。

“你曾经说我是一个值得依靠的男人，那句话是不是真心的?”

小桃不禁讽刺一笑，冷冷的声音穿过身体，留下一阵阴凉：“亏你还是赏金区的猎人。做人不要太天真，骗子说的每一句话都有可能是假的。我给你一个‘改过’的机会，所以今天就留住你的小命。”

“小桃，我们以后还有机会见面吗? 你什么时候会说真话? 什么时候会说谎? 我不相信你对我说的每一句都是谎言!”

“说谎是看心情的。你是一只不错的猎物，所以我留一份纪念品给你吧。”小桃坏坏一笑，给人留下无尽的遐想。

离开的一刻，小桃竟然把脸皮撕下来，一个只有轮廓的人皮面具被遗弃在地上。

面具下的小桃更美，但夜洛珈还没机会慢慢欣赏，她就狠心转身离开了。小桃的真性情原来是一个残酷的女王，那独特的魅力却更加令人迷恋。

2.

最近流行一种叫赏金猎人的职业，他们都来自一个庞大的组织——赏金区。加入了赏金区的赏金猎人都具备一定的能力，他们都会被分配收集一些独特的宝物，然后赏金区会给他们丰厚的报酬，当然，多数猎人的目的都是金钱。

赏金区势力范围渐渐扩大，很难辨认清楚谁是猎人，或者谁对谁有捕猎之意，心虚的人，总要过着提心吊胆的生活。

焦原市，以桃花著称，每逢落花时节，桃花开遍长长的街道。明明是一个繁华的闹市，却像一个世外桃源，这是一个令人乐而忘返的地方，却同样是一个潜伏着无数危机的地方。

处于猎物和猎人的复杂状态，少女一脸淡定，却在无声无息地观察着四周。坐在这家露天餐厅上，有一个男子特别醒目。从他买咖啡然后坐下来的感觉看来，他的视力应该不是很好，但在身体移动的时候，身上隐藏的灵气就会泄漏一点点。可以把灵气隐藏得这么好的，此人非等闲之辈。

表面看起来，他的外形似是一个人类，高挑瘦削，发型是流行的短发，刘海留得比较长，微微遮掩了左边的眉毛；时尚而邪魅的发型令他那瘦削的脸庞显得更尖了，诡异的眼睛有点空洞，却又像在盯着你看一样，无时无刻不令人感到不安；高挺的鼻子有一种吸血鬼伯爵的气质，冷峻却带着温文尔雅的气息，犹如几何般精确的骨骼结构，令他显得更加跌宕不羁；巧薄的嘴唇，哑色中却带着淡淡的红润，突然不经意的一笑，更像只勾魂的魔鬼，小桃遇到过这么多男人，从来没有见过如此深藏不露的，他肯定是一个泡妞高手。

才想到这里，两个漂亮的少女已经来到他面前，争先恐后地坐在他身旁。这两个少女看起来是朋友，但一个似是人类，一个似是精灵。小桃不清楚她们为什么会走在一起，但从她们对男子露出倾慕的笑容时，小桃就肯定两个少女都十分迷恋这男子。

她们喃喃细语了几句，然后男子就丢下才喝了两口的咖啡，淡定地走开了。

小桃看着他走远，才谨慎地跟在后面。

男子仿佛察觉到被跟踪了，不停兜转，可惜从小路到繁华的街道，还是无法摆脱小桃。当男子感觉得到小桃的能力时，他终于停止了无聊的躲避，进入了一间宠物诊所。

这间宠物诊所乍一看就像是普通的宠物诊所，但仔细看来，在地上自由走动的动物身上居然带着灵气。

连基地都暴露给跟踪自己的人，难道他已经放弃了？还是内有陷阱？

一般人会谨慎行事，甚至望而却步，但这个少女居然大胆踏入对方的巢穴，令正在喝茶的男子不禁弯起了嘴角。

“请问要哪类型的宠物？”刚才两个少女之中的人类在门口拦截了小桃的去路，彬彬有礼，却暗藏杀机。

小桃不禁讽刺一笑，笑的是这少女居然在一个不在乎对方相貌的男子面前化了一个烟熏妆。

“你笑什么？”浓妆少女的EQ似乎有待训练，随便一笑，已经把她气得面容扭曲，幸好没有什么皱纹。

小桃随意地瞄向男子，懒懒道：“我不是你们的人，不懂得你们的暗号，但我要找那个瞎子。”

敏感的话语一响起，连温文尔雅的精灵也生气了："请你说话尊重点，谁是瞎子啊?"

"千雪，别跟这种无聊人浪费时间。给你最后机会，走不走?"浓妆少女指着门口，杀气腾腾。

"千雪，柳紫，坐下来。"男子终于哼声了，张开那沉默却不怀好意的薄唇。他用那空洞却还是令人迷惑的眼睛望向小桃，问道，"你怎么知道我是瞎的?"

"你的行动很方便，方便得太假了，根本不像一般人。一般人走路会向前望，或者看地，或者在想事情等，但你的眼睛一直没有眨过，轻而易举地避开了所有障碍物，眼里却没有他们的存在。换一个方式说，就是你是凭着他们的气而感受到他们的存在和移动。"小桃没有一如既往地掩饰自己的真面目，而是淡定又坦然地回答他的问题。

"哦?你是因为这一点才跟踪我的?"

"你是赏金猎人?不，应该说，这是赏金猎人的分部，刚才那丫头的问题就是来辨认我是不是赏金猎人的暗号。"小桃不但没有回答男子的问题，反而越说越嚣张。

"你的猜测挺有意思的。我叫古寂，是灵力者，这里是我们特别拥有的地方，但我们三个都不是赏金猎人。"

敏感的字眼突然让小桃顿时浑身一震，但她很快就压抑了这种反应，没想到古寂还是察觉得到，空洞的目光变得尖锐了，冷冷地看着小桃，令她有一种被拆下面具的赤裸感。

小桃弯起高傲的微笑，盯着古寂，问道："既然这是一个特别拥有的地方，那么是不是可以招待一位对这里有兴趣的客人呢?"

古寂的嘴角扬得更高了，却带着一丝甜蜜："美女光临，我当然欢迎了，但不知道我的红颜知己欢不欢迎呢?"

话音一落，柳紫就像一只被释放的老虎，立刻向小桃张牙舞爪！她的宠物明显是她的灵兽，只要柳紫命令一下，灵兽就向小桃扑过来——

小桃的掌心面向灵兽，一条锁链突然从掌心里冒出来，短短几秒，便迅速地捆绑了所有灵兽，当然包括还没有进行攻击的那部分。小桃不想令气氛变成了真的敌对，但也不想跟柳紫再僵持下去。

柳紫大惊失色，欲让灵兽挣扎时，却发现自己的身体也被这股强大的妖气封闭住了，动弹不得。

古寂再次弯起嘴角，似是无奈，又似是兴奋，诡异难测。

古寂让二人回去自己的房间，小桃傲慢地走到古寂面前，她知道他感受得到自己的高傲，却没有隐藏，反而尽露无遗。

小桃托着脸颊，仔细地打量古寂，他虽然长了一张会杀死千万女性的面孔，但却是一个瞎子。

"你明明看不见东西，为什么偏要选两个大美女做伴？不觉得很浪费她们吗？"小桃语带讽刺地问道。

"那么你就不要当第三个被浪费的人，我的绝色美女？"古寂站了起来，丢下一句意味深长的话语便走进店内深处。

小桃淡定地坐在凳子上，想法没有动摇，反而加倍坚定了。

古寂是第一个拒绝她的男人，她要古寂成为下一个拜倒在她的石榴裙下的男人。

3.

店内结构奇怪，像一个细小却复杂的迷宫，这里有很多个房间，看似一模一样，小桃凭气息已经察觉出千雪和柳紫住在哪个房间，而屏蔽了自己灵气的古寂，一定就在附近。

小桃大胆地在迷宫里徘徊，千雪和柳紫分别住在两个房间，但她们居然一起出动，就像是谁也不愿意输给谁的妻妾一样。小桃没有掩饰自己的影子，放肆地出现在她们面前。

二人仿佛还没有发现小桃已经决定留在这里，看见小桃，还是一脸惊讶和不安。千雪知道她们都不是小桃的对手，所以用斯文的方法解决——谈判。

“这位小姐，请问你为什么要留在这里呢？这里不是旅馆，也不是什么赏金猎人的分部，难道还有其他你想得到的东西？”

小桃没有回答，却反问道：“那古寂可是个瞎子，你们两个人，一个清秀可人，一个妩媚妖艳，一出门回头率都会很高，为什么愿意共侍一夫呢？”

“简单直接说吧，你到底想得到什么？”千雪没有能力猜透小桃的想法，却没有刻意掩饰自己的不安。

“我只是……好奇。”

“好奇？”二人不约而同地惊呼一句，眉头都一同皱起来了。

“嗯。经过这个城市，对那个男人好奇。虽然他的确长得不错，但却是个瞎子，做人又不决断，现在的女生不是都追求一对一吗？这样二对一，好玩吗？”

柳紫气得脸红耳赤，欲破口大骂时，千雪却抢先说道：“他不止是一个瞎子，还是一个长期病患者，是一个大包袱，你对这样的男人也有兴趣？”

小桃耸了耸肩，嘴角带笑，却没有回答这个问题。

“不信的话你跟我来。”千雪的态度已经变得有点倔强，好像为了让小桃相信她说的话就不顾一切，不过小桃也没有说过相信她说的话就会放弃啊！

千雪真的要把小桃带进古寂的房间里，尽管柳紫一直在背后责备，千雪还是一意孤行。

小桃刻意屏蔽了自己的气和呼吸，古寂还是一下子便感受到了小桃的存在：“舍不得走吗？”

见古寂刻意挑拨，小桃接过他的“攻击”，索性走到古寂面前，一脸媚态，修长的手指轻轻挑逗着古寂的俊脸：“对啊，舍不得你。”

“呀！臭丫头——”柳紫气得火冒三丈，一口气跑过来，欲捉住小桃的长发把她扯开，小桃却迅速地用妖气掩护了自己，令柳紫无法接近。

“小姐，我要为古寂打针了，请你让一下好吗?”千雪的态度比较淡定，但也听得出她微微切齿的不忿。

小桃收起妖气，走到古寂旁边。

千雪把新的针筒包装拆开，然后把一瓶经过调制的药水注入针筒里面。淡淡的气味散发出来，小桃仔细一闻，嘴角便勾起了自信满满的笑容。

“又被你猜到什么了吗?”古寂突然讽刺地发问。他就像是在观察着她的一举一动，小桃真的有点怀疑自己的判断是不是错了。

“你中毒了吗？一般用得着金边灵芝就并非小毒，而且还要加入西药镇痛，看来你的伤不轻啊！”

“你懂医?”千雪愕然问道。

“略懂一二。”小桃看着古寂白皙的手臂被刺入针头，刺激的药水令血管也在蠕动，“你这个方法不是最好的方法，金边灵芝镇痛作用还不够，西药副作用也大，对带有酸性的毒液会产生特别的化学作用，这样会令他发作时一次比一次痛。”

“不然你有什么好方法?”千雪有点不忿地看着小桃。

“我为什么要告诉你？等我心情好了再说。”小桃站起来扫了古寂一眼便离去了。

回到房间里，小桃却陷入了沉思当中。古寂中的不是普通的毒，他体内被黑夜流沙入侵了，但除了痛苦之外，好像没有影响到他的灵力。千雪的药的确可以为他止痛，但痛的原因是他用灵气锁住了体内的黑夜流沙，普通灵力者可能连自己吸入了黑夜流沙也没有发觉，因为它是一种无痛无痒的腐蚀气体，能够发现并以灵力来封锁黑夜流沙，这虽然是唯一的方法，但也是最痛苦最危险的方法。他的灵气长期锁于黑夜流沙上，万一遇到强大的敌人，很可能会使不出灵力，或者走火入魔。居然有信心驾驭黑夜流沙，他到底是什么人？

小桃一边点燃香薰，一边思考。

疑惑之下，木门却被敲响了，会做出这种礼貌举止的人只有古寂和千雪，但她对后者没有兴趣。

“我不喜欢随便开门。”小桃依旧坐在凳子上，一脸淡定。

“你这么聪明，不是凭气息就能够分辨我是谁吗？”传来的是古寂的声音。

小桃淡然一笑，为他打开了木门：“你是要找我，自然会顺着我的。”

“呵呵，既然这样，我就开门见山吧。”古寂嘴角一勾，仿佛有点自我嘲笑的嫌疑，“你看得出来我是中了什么毒？”

“我哪有这么厉害，我只是略懂医学皮毛而已。”

“千雪她本来就是一个医学世家的后代，但你比她更厉害，看来不是略懂皮毛吧。你知道我的毒是酸性，那么你应该看得出我中了什么毒。”

“你对我这么有信心？想让我治你的病吗？”小桃走到古寂跟前，刻意凑近，用力集中精神来盯着他的脸颊，“但你一再拒绝我，凭什么要我治疗你的病？”

古寂的笑容变得灿烂了，甚至像阳光一般：“你是第一次被拒绝？不好意思，我完全没有拒绝你的意思，只是这里太挤了，容纳不了这么多人。”

语毕，古寂居然没有再请求小桃帮忙，反而高傲地转身离去。小桃实在猜不透这个男子的想法，却有更深的挫败感。

关上木门，小桃细心研究“对付”古寂的方法，没想到第二天早上，古寂已经无声无息地消失了。

千雪和柳紫只是有点失望，却毫不惊讶，好像早已习惯了古寂的善变。

虽然古寂已经离开了宠物医院，但柳紫反而感到另一种兴奋，抱着手高傲地向小桃示威：“看到没，古寂因为害怕你而跑掉了！”

小桃一点都没有被打倒，反而依旧自信满满：“假以时日，我将会是古寂身边唯一的女人，也会成为他最想念的女人。”

“大言不惭！”柳紫气得脸颊通红，双手微微抽搐，却又不敢跟小桃开战。

个子比柳紫矮小一点的千雪却显得比她更有气势，用道理来对抗小桃：“古寂是一个很爱自由的人，他的红颜知己又何止我俩，他想念我们的时候会来找我们，他要去任何地方，谁都无法束缚得住。如果你想要一个专情的男人，恐怕找错对象了。”

小桃提起自己的包包，从千雪身边走过，却诡异地吐出一句悄悄话：“告诉你，那些药对古寂的病根本起不了作用，去当赏金猎人吧，只有赏金区才有办法救古寂。”

“千雪，别理她，肯定是陷阱！”

小桃什么也没有说，傲然一笑，大步走开，因为从千雪的眼神里看得出来，她一定会依照自己的方法去做。

4.

春意绵绵，斜风细雨，藕断丝连地降落，在这个百花盛开的季节里，天气却依旧寒冷。

寒冷的天气下，山洞的湿度让温度降得更低，男子就静静地坐在这个不适合人活的地方，没有点燃火炉，就这样等待，因为他知道那个人很快就会来到这里。

“为什么不继续走呢?”果然，一说曹操，曹操就到。

“我没打算避你，只是不想她们为了这件事烦恼而已。”

“你很保护她们哦!”小桃讽刺道。

“任何一个真心对我好的人，我都不想伤害他，更何况是我的红颜知己?”

小桃不禁泛起了疑惑，好奇问道：“你的红颜知己到底有多少个?”

“那么你骗过的男人又有多少个?”古寂反问道。

小桃讽刺一笑，笑自己被打败了，同时也笑古寂的得意。

古寂摸了摸自己的胸口，轻轻地把体内的某种气体逼出来，再冷冷地“看着”小桃，问道：“你在我身上留了追踪记号，对吧?”

“真聪明!”小桃不得不赞叹这个男子，他明明知道自己被捕捉了，有能力却懒得逃跑，“那是一种叫牵魂丹的毒，我用香薰点燃了，你进入我的房间就会中这种毒，然后短时间内我都可以以这种气味找到你，不过你放心，这种小毒对于你来说只是小儿科。”

古寂没有再追问她对药物的了解，甚至她的身份，只是淡定地问了一句：“你叫什么名字?”

小桃无奈一笑，意会深重。半晌，少女翕动了樱唇，坦然回答了一句：“小桃。”

古寂扬起灿烂的嘴角，仿佛又有点惊讶：“很可爱的名字，有阳光和春天的感觉，可惜你不属于这种类型。”

“有时候我也很温柔的，只是你还没有发掘出来。”

“你希望被我发掘出来，对吧?”

小桃摇了摇头，脸上的神色却又作了一个似是而非的回答。小桃走到古寂面前，再次打量他的面容：“我只是好奇，一个瞎子为什么会有如此的自信?"

"那么你又为什么对自己没有信心？怎么在一个瞎子面前都不敢露出自己的真面目?"古寂望向小桃，明明空洞的眼神，却像是要把对方看穿一样，令人有种赤裸的不安。

小桃不禁震惊地颤抖了一下，古寂是第一个看穿她戴着人皮面具的人，一个瞎子的眼睛为什么好像会穿透别人心脏一样叫人不安?

"你不是瞎子？应该说，你是假瞎子?"小桃眉头轻皱，小心翼翼地猜测道。

"我是瞎，但眼瞎心不瞎。你眼睛很好，脸蛋应该也很好，心眼也很清晰，但披着一层模糊的阻隔。"古寂开始嚣张起来了，大胆地猜测她的身份，"你绝对不是赏金猎人，但你在找赏金猎人，你或许是一个逃犯，或者是一个极度讨厌赏金猎人的人。你不害怕他们，反而想杀掉每一个赏金猎人。你很喜欢说谎，外表的一切都是为了掩饰你的谎言。你的脸并不丑，甚至很美，但你必须用假面视人，就像你的名字，这是一个虚伪而且方便掩饰你真性情的名字。我不知道你为什么愿意用真的一面来跟我交谈，但我敢肯定你想从我身上得到什么，对吧?"

"果然是眼瞎心不瞎!"小桃不禁为他鼓掌了，"你是我遇到过的最聪明的男人，但你猜错了一点，你身上没有什么值得我要的，最多……就是这张脸……"小桃的纤手不禁落在古寂脸上，性感却不太纯熟地抚摸着这张完美的脸颊。

"你不是想要我的脸皮，你是因为被我拒绝了，所以想报复?"古寂捉住她的纤手，轻轻把她的手压下去了，"我拒绝你的原因并不是因为你不够完美，你很完美，一切都很出色，但我们是两个世界的人。记仇不是一件好事，只会令自己更痛苦，忘记它吧。"

小桃不禁偷偷切齿，收回纤手，露出高傲的气势："为什么这么痛苦地活着？不是为了那两个女孩吗？我能救你，能够帮你解除痛苦。"

“我不为谁活，也不强求任何事，现在强求的好像是你。”古寂转过身去，没有再看小桃，犹如给她一条宽阔的去路。

再次被同一个男人拒于门外，小桃紧紧抿住双唇，让自己镇定下来，却没有认输。

这一次，她走了，但下一次归来前，她一定会想出更强的对策。

听着愤然离去的脚步声，古寂迟疑地弯起诡异的微笑，微微侧头，用空洞的眼神“看着”小桃离开的位置。

他知道她会回来的，她会亲手救他，因为她输不起。

第二章

魔与魔的赌博

1.

初春的日落还是来得比较早，这个本是自然现象，但人间的日落似乎变得越来越早，也就是说，黑暗的势力越来越强大了。

小桃站在山顶上，站在离天空最近的地方，感受着天空渐渐压下来的恐惧。

现在才五点，黄昏就降临了，一层灰暗的云层遮掩了紫黄色的霞光。她选择在人间逗留，是希望重新看见唯美的天空，而不是看着它沦陷。

或许在这种时候，只有神才能挽救世界，但神又逃到哪里去了呢?她越来越讨厌所谓的神了。

她又沉浸在黑暗之中，只有被黑夜掩盖过的人才知道，她到底有多么抗拒黑夜。

吸血鬼喜欢在夜半出来觅食，最近却变得更早了，小桃总在医院附近看见一些吸血鬼把血包偷走。不知道是谁给他们的良好教育，用偷的血，总比杀人好。

然而有些人并不是这么想的，他们喜欢新鲜的食物，喜欢人类活活被自己咬死的感觉。

小桃远远看着吸血鬼离去，没有追踪之意，暗处却突然冒出一个阴森诡异的身影！小桃认得这种人，这是一种毕生难忘的熟悉气息，他像一只饿鬼般扑向吸血鬼，没有人能够阻止他的冲动，一时猝不及防，吸血鬼已经被他咬住了！

小桃猛地跑上前举起手掌，锁链从掌心穿出来，一下子圈住了魔鬼的脖子！

魔鬼下意识挣扎，只见蛮力无法挣脱束缚时，魔鬼竟然聪明得用妖气融化了小桃的锁链！跟锁链合二为一的小桃直接感受到那股刺骨的痛楚，为免夜长梦多，小桃索性加强妖力，令捆绑他的锁链突然冒出一圈利刃，犹如残酷的猎兽夹一样，一整圈齿牙穿进脖子！

对于魔鬼来说，这个还算不上致命伤，但锁链里的齿牙藏着剧毒，小桃引以为傲的毒药迅速渗入魔鬼体内，融化了他的神经。

眼看魔鬼倒下了，小桃的锁链一扯，魔鬼的脑袋跟身体彻底分离了，小桃的锁链渗入掌心，带着别人的血液，同时，失去脑袋的魔鬼也失去了复原的机会。

被吸食了元气的吸血鬼已经无力逃跑，畏缩地躲在原地，不知道该感激还是害怕。

小桃一步一步地靠近吸血鬼，冷漠如霜，戴着一张没有表情的人皮面具。

当小桃蹲在吸血鬼面前，他竟然发现了一种熟悉的恐惧："魔鬼！你是魔鬼?"

小桃勾唇一笑，并不灿烂，也失去了昔日的自信，反而有点勉强，她的纤手轻轻地落在吸血鬼的脑袋上，突然一扭，吸血鬼的脸颊顿时转到后面去了！

这张脸再也不会出现在她的视线里，只是或许会留在心里而已。

"我是什么人？我是魔鬼？不，我只是一名通缉犯而已。"小桃站了起来，重新带着诡异而自信的微笑转身，焦点落在一个角落里。

一个跟小桃年纪差不多的少年从暗处走出来，长长的影子与小桃的影子交接，他停下了脚步，好像二人只能停留在这段距离上。

少年的头发长及脖子，却修剪得很稀薄，忧郁的气息中还带有一份清爽；细长的眉毛就像经过修剪一样完美清秀，与单眼皮眼睛配合起来，娇柔之中透出一种男性的忧郁；他的脸型属于亚洲人的清秀型，但鼻骨微弯，有点西方的古典美感，再加上薄薄的却赋有线条美的嘴唇，让他显得更像一个迷人的混血儿。

少年看了看两具尸体，再用失望的眼神看着小桃，问道："为什么要这么残忍？"

小桃抱着双手，冷眼盯着少年："从你要捉我那一天开始，你就知道我是这么残忍的人。"

"我要捉你，但同时我也想知道，你究竟为什么要这么做。"

"我讨厌无能的人。"

"但古寂王族的吸血鬼不是无能的啊！"少年眉头紧皱，情绪不自觉地激动起来。

"我还没有说完，除了讨厌无能的人之外，我更讨厌魔鬼！"语毕，小桃冷漠转身。

"别走——"少年大步跑上前，居然大胆地捉住小桃的手腕。

小桃以此为敌意，用力甩开少年，他却捉得更紧，而且注入了妖气。小桃愤然转身的一刻，同时释放锁链！少年仿佛早有预料，敏捷的手一下子捉住了锁链，让它无法圈住自己的脖子。

小桃狠狠瞪着他，微微切齿道："你说……今天是不是要来个了断呢？"

少年眉头一直皱着，摇了摇头，在这种情况下居然放松了防卫，而且大胆地命令道："不要再戴人皮面具了，我想看你以前的脸。"

小桃继续这样冷冷地看着他，什么话也没有说。他从空洞的眼睛里再也找不到爱的感觉，却在她放弃攻击的肢体语言里发现了她的心软。

她真的是一个让人捉摸不定的女人，当小桃再次选择放弃跟他打斗，放弃杀这个能力远远低于自己的少年时，他的心再次犹豫起来了。

“小桃……”他竟然得寸进尺，大胆地呼唤这个敏感的名字，“我还记得，以前你因为不喜欢自己的名字，所以我给你改了名字叫小桃，但你现在为什么还用着这个名字？是不是……”

少年的语气明显变弱了，小桃却没有等他说完，微微切齿地打断他的话：“不要自作多情，我没有继续用小桃这名字。”

“你是不是跟夜洛珈交过手？自从回到赏金区之后，他一直偷偷寻找一个叫小桃的人，那个人就是你吧？除了你，我想不到还有谁敢跟赏金区作对。”少年胸有成竹，气势也回来了。

“我没有跟他交手。”小桃也淡定了，勾起诡异的嘴角，坏坏地挑逗道，“只是……跟他有过亲密接触而已。”

少年一听，顿足失色，脸颊也几乎白得发紫了：“你说谎！你一向都很保守的！”

小桃狠狠拨开少年的大手，认真切切地反驳道：“那是以前的事了，我不让你碰，不代表我不喜欢让别人碰。”

“小桃！”少年再次靠近一步，却不敢给她施压，连语气都变得带点委屈与哀求了。

“刚才你就看见我要杀他们，你为什么不阻止？不就是因为害怕他们会把消息张扬开吗？一个用锁链的女子出现了，你的好主人一猜就知道我来到了人间。你想保护我？你对我还有留恋吗？啧啧啧，风翼，不可以这样的，你是猎人，我是通缉犯。”

冷漠的一番话，犹如利刃般一刀一刀地刺进风翼的心脏，他再也没有力气追上去了，因为他明确地知道自己的身份。

2.

春雨绵绵，小桃走在冷清的街道上，没有撑雨伞，任由这些被污染了的酸雨降落在身上。她的眼里仿佛没有任何人或任何东西，她仿佛在沉思，但是脑子一片混乱。

最后，让她回过神来的东西，是街上做的环保宣传。那是一个大学生的摊档，他不是一个普通人，而是一个灵力者，这一点突然让小桃想起白清泉的师姐橘子。听说她回归白清泉之后，就开始着手环保宣传工作，难道这跟黑夜流沙有关?

小桃向大学生走近，成为了这个摊档的唯一“客人”。大学生一开始的确有点震惊，脸颊也为这位美少女而红起来了。

一问之下，小桃才了解了更多环保知识。虽然她不知道这个灵气者是不是白清泉的人，但起码肯定他不是赏金区的猎人。

她知道，如此下去，黑夜流沙终有一天会淹没人间。她不相信那是避免不了的事，她也不是救世主，没有想过救人类，只是觉得人间很美，空气清新，她想保留这个世界，而不是这些无能的人。

因为如此，她决定参与这份环保工作，反正最近也无所事事。

虽然跟风翼再次相遇，但小桃没有打算改掉这个已经习惯了的名字。这个温柔可爱的名字，再加上一张甜美的脸孔，为这位叫英珉的大学生吸引了不少男性客人。小桃提议设点在他的大学校门外，顺便请求学校的协助，把环保宣传的工作扩展开来。

小桃的一句话，立刻引得大家争先恐后地去完成这个任务。大家都把她当成了完美的天使，只是被这么多男生包围的感觉，小桃竟然有点不太适应。

新的一天，学生们放学之后再次为了小桃汹涌而来。英珉越来越讨厌这种局面了，只是小桃好像没有发现。正因为如此，一向很有耐性的英珉也忍不住生气了，突然收拾摊档，把这群色狼赶走。

小桃一脸天真地跟着英珉离开，嘴嘟嘟地看着他，却不敢哼一声。

半晌，英珉从小桃的表情上发现了自己的过分，不禁委屈地吐出自己的想法：“对不起……我不想这样发脾气的，但我不喜欢那些色狼这样盯着你看，我觉得……我觉得……很不开心，就是……就是有点嫉妒……你明白吗?"

话音落下，小桃却没有回答之意。英珉不禁偷偷望向小桃，以为她害羞尴尬之时，却发现她的眼睛竟然紧紧盯着前方，温柔的目光里仿佛透露了一丝怨恨。

英珉愕然地望向前方，人群众多，但他还是一下子发现了那一对耀眼的情侣。

“你认识那个女生吗?”小桃指了指那一对情侣。

“认识，她是我们学校的校花，但是听说她有点高傲，校内所有男生的表白她都拒绝了，大学两年都是单身的。怪不得，原来已经有一个这么帅的男朋友了！”英珉说得对，这样看来他们真的很像一对情侣。校花紧紧搂着男子的手臂，就像稍微放松一点他都会溜走一样，而男子脸上挂着诱人的微笑，似是淡然，又似是乐在其中。

小桃犹豫了一下，再弯起甜美的微笑，望向英珉道：“英珉，那个男生是我的朋友，很久没见了，不如我们上去跟他们打个招呼吧！”

英珉有点愕然，也对小桃没有听见自己说的话而感到失望，但还是很快答应了少女的要求。

走到他们面前，校花有点愕然，当她看见小桃那自信满满的眼神时，心里竟然泛起了一阵恐惧。

“你们……认识的吗?”校花把他的手臂抱得更紧了，身体也有点颤抖。

“认识啊，不记得我了吗？古寂。”小桃的笑容里藏着一把刀。

“怎么会不记得呢！”古寂轻轻拍了拍校花的纤手，温柔地说道，“我跟她聊几句。”

校花无奈地点了点头，依依不舍地放开古寂的一刻，却不禁失控地说了一句：“记得回来哦！”

古寂甜美一笑，给校花添了一份信心，小桃却加倍不忿，偷偷瞪着他。

走远一段路，古寂便勾起自信满满的嘴角，问道："干吗这样看着我？吃醋了？"

小桃立刻摆出一张懒得理的表情，冷冷地问道："你跟踪我？"

"不就是巧遇嘛，这是缘分而已，怎么就觉得我跟踪你呢？"

"缘分？哪有这么巧合的缘分？这里离焦原市可是有三十多公里哦，你为什么偏偏要跑到这里来？"

"你看不到吗？我来会一会我的红颜知己而已。"古寂的身躯轻轻向前倾，勾起更诡异的嘴角，"怎么了？真的吃醋了？"

小桃忿然作色，一手推开古寂，然后跟英珉离开了。

如果不再做环保宣传工作，小桃也没必要继续留下来，虽然英珉十分不舍，努力争取与小桃保持联系。

小桃没有说什么时候走，也没有说会留下，只是继续待在学校附近的旅馆，但就像随时会消失一样。

深夜，月亮显得特别诡异，就像冷眼看着世界变化的旁观者，似是不痛不痒，似是在偷偷发笑。

大学生一般都是在校住宿或者在学校附近租房，而校花就是后者。周末，学生基本都选择回家，就像校花这些家住得比较远的，只能待在出租屋里。

今夜的气息，比平日更寒冷几分，不知道是不是春雨刚刚下完，屋子里变得更潮湿的缘故。一股奇怪的寒气偷偷摄入屋子，校花下意识抱着手臂，一边摩擦，一边张望。

慢慢地，校花觉得越来越不对劲，忍不住拿起电话，欲拨打古寂的手机号码时，一股妖气竟然将她的手机熔化了！

校花大惊失色，猛地尖叫起来，下意识靠在墙壁上，拼命张望四周。

当那股妖气想继续玩弄校花时，门铃却突然响起了！校花顿时感到希望所在，立刻扑向大门，却被一条锁链似的东西捆绑了身体，但以普通人的能力根本看不见锁链的存在，校花只是感觉得到自己连嘴巴都被封闭住了。

只见校花没有开门，古寂索性撞门而进。

犹如碰见了强大的敌人一般，锁链立刻解开了束缚，校花失控地扑倒在古寂怀里！

古寂轻轻抚摸着她的背部，空洞的目光却盯着窗外的一股寒气。

“古寂，刚才有鬼！有什么鬼东西绑住我了！”校花捉住古寂的衣服，仿佛生怕他也会消失一样。

“没事，做噩梦而已，醒来就没事了。”

“噩梦?”校花依然不敢相信，刚才明明十分清醒，而眼前的古寂也是如此的真实。

“乖，睡一觉就没事了。”古寂轻轻抚摸她的秀发，脸颊竟然慢慢地凑近，但薄唇还没有接触到校花的红唇，一股淡淡的烟雾已经吹进她的喉咙里，像迷魂药一样令她迅速昏迷过去。

古寂把校花抱到床上，体贴地盖上被子。

“多温柔啊！我真好奇你对待其他红颜知己是不是也这样。随便可以亲吻的，这叫知己吗？不是女朋友吗?”

讽刺的问题突然从背后响起，古寂却一点都不惊讶，反而淡定地转身回应：“有什么事就冲我来好了，何必对付一个什么都不懂的人类呢?”

“不然怎么把你引出来呢?”

“想见我并不难啊，但你是想引我出来，还是因为今天的事吃醋呢?”古寂坏坏一笑，大胆地挑逗道，“为什么要对我穷追不舍，难道你真的动心了?"

小桃脸色立变，狠狠瞪着古寂，不忿地反驳道："你不要自以为是！我从来都不缺男人，更何况你不过是一个瞎子！"

古寂的笑容变得更骄傲了，宛若捉住了什么把柄似的，但他突然换了话题，用依旧嚣张的态度说道："我有一种可以读懂对方心理的能力，但我一般不会用这种能力，只是用'这里'就可以看穿。"古寂指了指空洞中却带着锐利"目光"的眼睛。

小桃猛地屏蔽了呼吸，却又故作镇定，冷冷地反驳道："那么你用那种能力去看穿我吧，反正我也想知道答案是什么。"

"你比较难捉摸，但我不想用那种能力，我想慢慢去打开你的心扉。"

小桃没想到古寂居然会说这种话，但她知道温柔的甜言蜜语是古寂的撒手锏，所以坚持原来的态度，并加倍高傲地说道："既然我们都这么有自信，不如我们比试一场，来交换大家想要的东西吧！"

"好啊！"古寂连比试内容都不知道就答应了，虽然似乎被扯进陷阱里，但依然自信不减。

小桃勾唇一笑，呼出不怀好意的话："魔界有个地方叫幽女地宫，里面有三件宝物，谁拿得到，并在预定时间回到我今天住的酒店里，谁就算赢。"

"好，然后呢?"

"如果我赢了，你就要远离所有红颜知己，以后也不可以跟别的女人有亲密接触或者心灵上的暧昧，而我就愿意给你七天时间去打开心扉。"

古寂听了之后，不禁会意地笑了。他知道她的目的，她想让自己爱上她，然后她再把自己抛弃，让自己痛苦不堪。他知道她有这个自信。

"如果你输了呢?"但古寂也有同样的自信。

“如果我输了，我就帮你疗伤，控制你体内的毒，保证你在没有受重伤，或者不使用过多灵力的时候绝对不会发作。”

话音落下，古寂的嘴角勾得更诡异了，小桃很讨厌这种笑容，古寂就像是一面镜子，把她曾经的自信和恐惧都一一倒映出来了。

3.

幽女地宫位于一个鲜为人知的地方，那是魔界最神秘的地方，属于古寂王族的神社，古寂王族的公主在毁灭自己王族时，故意保留了这一带。

对于古寂王族来说，这是一个神圣的地方，祭奠也只能在外，不可以骚扰地下的神灵。

传说幽女地宫分为两层，一层机关重重，为的是保护地下的神灵。

小桃踏入幽女地宫，步步为营。机关反而没有什么，就是一个比普通迷宫还要复杂十倍的地形。墙壁上明明没有缝隙，却有一股无色无味的气体散发出来，小桃找不到它的来源，却渐渐感到莫名的疲惫。

难道这就是幽女地宫三魔之中的梦魔的所为？

小桃强行坚定意志，一边加快速度前进，一边想办法解决。

可惜梦魔的能力远远超过人的斗志，意识渐渐脱离了可以控制的范围时，一幕迷糊的画面竟然像梦境一样出现在脑海里……

“我不喜欢这个名字，我讨厌死这个名字了！”

“别生气，我帮你改一个好听的名字吧！”

看似只有十三四岁的小桃托着脸颊，带着期待凝视着跟自己同龄的风翼。

“不如叫小桃？这些年来你都没有被当做孩子般看待，但我认为你是我们的春天，最可爱的桃花！”

小桃兴奋地点头，却不禁呼出奇怪的问题：“风翼……如果有一天我跟你成了敌人，我们支持不一样的东西，那么你还会对我好吗？”

“当然了！小桃是我的未婚妻！”

“不知羞，我有答应过要当你的未婚妻吗？更何况我都不知道能活多久。”小桃的声音变得越来越虚弱了。

“不会的。我会保护你，永远都会。”风翼轻轻将小桃搂入怀里，这是他们的第一次亲密接触，如此的自然，却又如此的害羞。

“如果我做了一个别人不认同的选择，你也会支持我吗？”

“当然！”

小桃记住他的承诺，并做了这个选择。她以为，风翼真的会永远支持她，保护她。

慢慢地，她开始变得沉默寡言，她很忙，每天都在研究什么。

终于，到了十六岁的风翼觉得自己已经是一个成人了，向父亲提出迎娶小桃的意愿，却被一口拒绝了。

他们之间的距离越来越远，各自怀着不同的想法。终于，在小桃做了那一个致命的决定时，风翼才明白她这些年为什么总是逃避自己。

但，她还是天真地以为，风翼还是以前的风翼，可是在决定性的一刻，风翼站在敌人那一方了。

那是唯一伤害过她的男人，不过，以后都不会再有这种情况出现了，因为她已经学会了不再“犯错”。

她最讨厌这段回忆了，她从来没有做过这样的梦，因为她把意识控制得很好。小桃突然从脑海的刺痛中惊醒，她索性用妖气来集中意志，尽管事后会更疲累。

小桃已经不知道自己走到哪里了，地形依旧复杂，但地上出现了一些新的线索——白骨。

在幽女地宫里面有白骨是很正常的事情，相信这些都是不自量力的冒险家的白骨。随意一看，似乎是杂乱无章，但谨慎的小桃没有放过这个不像机会的机会。

仔细打量之下，小桃才发现白骨铺满地面，却似乎被人整理过一样。头骨和骨架被乱扔在手骨脚骨之上，但垫在下面的手骨脚骨却仿佛隐藏了一个秘密，它们似乎都是“指”往某个方向。

手骨脚骨微微倾斜，通体向着西北位。小桃走到手骨脚骨“指”向的位置，敲了敲墙壁。传来的声音不像是空心墙，但仔细一看，这面墙壁的旁边却有一条缝隙，这是小桃在幽女地宫里面发现的唯一缝隙。

这里一定是通道之一！小桃立刻下了定夺，心急地抚摸墙壁，从中寻找开门的机关，因为她知道自己的意志不能坚持多久了。

突然，小桃摸到一个微微凹进去的位置，因为位置太低，而且迷宫太暗，小桃根本看不清楚里面是什么。

或许是陷阱，或许是通往地下入口的通道。小桃感到连手脚都开始发软了，无奈之下，急不可耐的她唯有冒险按了一下机关。

墙壁突然传来摩擦的声音，小桃下意识后退一步，严阵以待。

墙壁背后竟然是一个黑漆漆的洞，一点点细微却尖锐的光芒突然飞出来，小桃立刻往右躲开！

果然，突袭的是一堆飞镖！

小桃心知自己中了陷阱，立刻往前跑，却突然被一颗似是子弹的东西穿过右脚，失控一跪，小桃来不及躲避，又一堆暗器已经从前方飞过来了！

倔强的少女不会轻易认输，小桃立刻挤出妖气，欲设下一个结界首先保护自己时，背后却突然有一股强大的气息包围了她！

稍微分神，暗器已经来到眼前，却被包围的气息融化了！

这不是妖气，但她从来没有遇到过如此强大的灵力者，强大得令她呼吸困难的灵气！

“没事吧?”当小桃欲回头之际，一个熟悉的声音已经响起了。男子温柔地蹲在小桃身边，打量了一下她的伤势。

“这迷宫真小！”小桃不禁讽刺一句。

“迷宫不小，我已经拿了两件宝贝，所以顺便过来找你。幸好我来了，不然冲动真的会害死你。”古寂的话令人惊讶又不忿，他居然拿了两件宝物？怎么可能？

“不信吗？离开这里之后我就会给你看。”

“不，我不走，我要取梦魇的宝物，说不定你手里的宝物是假的，或者最后还是落在我手上，那么我还是有赢的机会。”小桃倔强地站起来，却发现伤口比自己想象之中更痛。

见状，古寂却吐出奇怪的问题：“希望我温柔一点，还是来硬的？”

“什么？”小桃愕然抬头，还没有明白古寂的话时，他已经把她横抱起来了！

“你干什么？把我放下来！”小桃大惊失色，灵魂都吓得快要出窍了，不禁激动地在古寂怀里挣扎！

“你真的很难搞！”古寂埋怨一句，突然低头，薄唇竟然大胆贴在小桃的樱唇上！

被硬来的感觉赤裸裸地刺激的小桃勃然大怒，欲把他置于死地时，却被突然而来的迷魂气息淹没了神经……

4.

他不知道小桃什么时候会醒来，但知道她一醒来肯定会杀掉自己，所以古寂随时随地都在防备着。

小桃好不容易才从迷糊中挣扎起来，睁开眼睛的一刻，她立刻找到了可恨的敌人——

古寂用灵气给自己做了一个薄弱的结界，劝告道：“你想一下刚才的情况，再决定要不要杀我吧。”

小桃的脑海只是浮现了一个画面，让她不禁捂住嘴巴，用怨恨的目光瞪着古寂。

感到十分无奈的古寂只能勉强地笑了笑，反问道："这么生气干吗？你不是少男杀手吗？一个吻算得上什么？"

带有侮辱性的话语一响起，小桃便加倍激愤："你以为我是这么随便的人吗？"

古寂微微失色，心里犹豫了一下，居然大胆地解开结界，再向小桃走近了一点："该不会是初吻吧？"

俏丽的嫣红立刻渲染了小桃的脸颊，她气得真想一手掴在古寂的脸上，但被用了迷药后的身体却使不上力气。

古寂皱起了眉头，露出同情般的表情，却放肆地挑逗魔鬼的耐性："对不起咯，那么现在要不要重新来一遍认真的，美化你的回忆？"

"你——"小桃终于忍不住了，哪怕动用真气也要给他一点颜色看看！

可惜稍微一运用妖气，不但身体不听话，右脚的伤也立刻向她示威了。

二人不约而同地望向小桃脚上的伤，古寂轻轻把小桃的拳头压下去，温柔地警告道："拜托，你的脚中弹了，我好不容易才把子弹拿出来，你要是敢再乱动的话，伤口裂开我可没有药物帮你止血。"

听古寂一说，小桃才发现他撕破了单薄的外套来包扎她的伤口，但是幽女地宫的温度比外面低了好几度，一件单薄的T恤根本无法保暖。

"怎么了？担心我会感冒吗？"在昏暗的世界里，古寂还是可以一眼"看穿"别人的想法，实在有点令人毛骨悚然。

"我只是担心我的血会止不住而已！"小桃冷冷地反驳，然后张望了一下四周，"我们还在幽女地宫吗？"

"你不是说要赢吗？我们还要继续去取梦魇的宝物啊！"

"你在耍我吗?"

被看穿的古寂不禁笑了笑，再认真起来，回应道："刚才的机关把迷宫的构造改变了，我们没有办法按原路离开，梦魔也发动攻势了，我们不但走不出迷宫，而且好像坠入它的梦境世界了。"

小桃先是一惊，但很快就镇定下来，望向古寂，自信满满地说道："你肯定有办法离开的。"

"怎么突然对我这么有信心了？你不是一直都觉得自己的能力胜过我吗?"

"谁叫你天生有一种可以读懂别人心思的能力，读懂梦魔，反在他的世界布下梦境陷阱，那么迷宫就自然变成一条直路了。"

"唉，你真聪明，想再玩一会儿都不行。"

"可别玩过头了哦，冷的时候我不会抱你，只会煎了你的皮当衣服。"

"真冷漠啊!"古寂站了起来，竟然丢下小桃一个人，自己走进更深的黑暗里。

"喂，你要去哪里?"

古寂停下了脚步，回头，淡然问道："你怕吗?"

"我只是想避免你耍花样而已!"

"呵呵，我不会在任何人面前使用那种能力的。"

"难道担心我会复制你的能力?"稍微捉住了把柄，小桃就变得嚣张起来了。

"你说呢?"古寂没有正面回答，只是走进更深的黑暗里。

小桃默默感受着他的气息和一切的变化。

世界很静，甚至连空气也好像停止在某一刻了，但是小桃捉不住那个时间，她发现世界没有移动，却在转变。

古寂的气很淡，淡得甚至感受不到，但是迷宫好像在慢慢地改变，一条条通道被打通了，光明从远处射进来。

这个也是梦魇的陷阱吗？她还在梦境里面吗？那个古寂是假的吗？小桃只能相信这一点，不然叫她怎么去相信，连有魔鬼之称的古寂王族都不敢打扰的鬼神，古寂居然轻而易举地摆平了他们，就像是一场谈判。

没错，像是一场谈判，古寂根本没有用过灵力，就算有，也只是用了建立普通结界那么薄弱的灵力而已。小桃敢肯定他绝对没有跟梦魇战斗，但是真的只凭借心理这一关，就让梦魇给他打开出口了吗？

从幽女地宫到出口，从魔界到人间，小桃不得不承认自己的确脱离梦魇的束缚了，但古寂轻而易举的化解，又怎么解释？古寂到底是一个什么怪物？

回到酒店，古寂明明知道小桃满怀好奇，却没有说出打败梦魔的原因。

终于，小桃还是忍不住，但一开口便是带着刀刃般的尖锐："古寂，你打算一直这样吗？"

"怎样？我这样不好吗？难道你怀疑自己还在梦里面？"古寂刻意讽刺，其实小桃看得出他知道自己好奇得有点着急了。

"你不说也没关系，反正我想知道的事情我一定不会放弃。"小桃语带警告道。

古寂无奈一笑，摇了摇头，再带着叹息道："唉，真拿你没办法！其实每个人都会有一个心结，梦魔也不例外，我只不过是帮他做了一件事而已。"

小桃皱起眉头，狐疑地问道："这么简单？"

"你这么聪明，应该自己去分析我有没有说谎了。"古寂耸了耸肩膀，然后霸占了小桃的床，一觉睡下去。

小桃突然发现自己又被忽悠了，于是抿住双唇，没有再说话。

第三章

神奇的流氓吸血鬼

1.

如果古寂真的得到冰魔和炎魔的宝物，那么她愿赌服输，但古寂一回来就睡觉，宝物还没有公开，没有证据证明古寂真的赢了。

小桃认为，到了最后宝物落在谁手中，谁才是赢家，所以她不会放过任何一个得到宝物的机会。

趁古寂睡得正香，小桃便偷偷爬到床边，小心翼翼地从古寂身上寻找宝物。她没有见过冰魔和炎魔的宝物，但可以藏在身上，相信应该是宝石之类的东西。

小桃在古寂身上乱摸，古寂一直都没有动静，令小桃加倍放肆。突然，古寂一手捉住小桃伸进裤子口袋里的纤手，冷冷地问道："你还要找多久?"

小桃迟疑地发现古寂根本没有睡着，立刻收回纤手，脸红耳赤地别过脸去，反驳道："你不是说得到两大宝物了吗？在哪里?"

"放心吧，我会让你愿赌服输的。"古寂把小桃的双手拉过来，然后用掌心对着她的掌心，一边是冰冷的，一边却是火热的。两股奇妙的气息从掌心分别释放出来，随即融入到小桃的身体里！

"这样，你的锁链就可以增加两种能量了，以后要对付敌人也用不着一定要对方死。"

"你这是为那些被我看中的倒霉鬼着想，还是为我着想呢?"小桃挑起眉头，似笑非笑。

"难道你要跟我赌，不是为了这些力量吗？如果你赢了，不但可以对付我，还可以增加自己的能力，就算你输了，得到一样能力也不坏。当初你是这样想的吧?”古寂不禁摇了摇头，仿佛为这个充满心计的少女叹息了一下。

“明知是这样你又跟我赌?”小桃有点不明白，古寂真是她遇到过的最奇怪的男人。

“因为我也想治好我的病。”古寂勾唇一笑，由被动变成主动。

小桃不禁讽刺一笑，问道：“梦魇的宝物应该是有催眠药力的，可以增加你的能力，你有取他的宝物吗?”

“没有，我不想要这种能力。”古寂轻轻吸了一口气，“凝视”前方，空洞而失落，“知道越多，伤感越多，我宁愿像现在这样。”

莫名的伤感竟然充溢到小桃脸上，让她露出了淡淡的忧伤，不禁脱口说道：“我会把你的眼睛治好的。”

古寂愕然地“望”向小桃，但很快又冷静下来，他没有拒绝，也没有答应，只是发出另一个奇怪的问题：“你为什么要变得这么强大？为什么要戴着假面具去骗人？好玩吗？我不认为你喜欢骗人后的那种快感啊，是不是另有原因?”

“为什么突然改变了话题?”

“我好奇。”

小桃抿了抿唇，还是乖乖地回答了：“我不想变成弱者。”

“那你为什么愿意输给我？不是应该千方百计去抢我的宝物，跟我再斗一遍，直到斗赢了为止吗?”

“你不是懂得看穿别人的吗？直接用你的能力看穿我好了！”小桃开始有点不耐烦了，犹如被敌人尖锐地审问一样。

“我不想用那种能力去侵犯别人的秘密。”

“那么你又问我这么多？这不是也侵犯了我的秘密吗?”

“我对你有兴趣。”

话音一出，小桃不禁愣了愣，但冷静的少女很快又变得淡定了，勾起嘴角，坏坏地反问：“你是不是用这方式骗了那么多红颜知己的?”

古寂怡然一笑，似是甜蜜，又似是讽刺：“我对每一个喜欢的人都是认真的。”

“喜欢？你可真流氓啊，你以为这是古代吗？现在可是一对一的耶！”小桃的声调不禁提高了一点。

“我说的喜欢不是爱情的喜欢，而是可以成为朋友的那种喜欢。”古寂淡定地反驳，冷冷地“看着”小桃，半晌，人心开始焦急时，再挑逗道：“那么你又是以什么方式骗其他人的?”

小桃突然明白了古寂的招数，没有回答的意思，却二话不说地凑近，樱唇居然大胆地强吻古寂！

有点生硬的温柔降临薄唇，古寂却慢了半拍才反应过来。为了给她一点颜色看看，古寂索性将她的身体反压在床上，双手扣住她的手腕，冷冷地“盯着”她。

小桃也不敢发声，同样紧紧盯着他，动也不敢动一下。

当她以为古寂只是想吓唬自己而已，古寂却突然低头，猛地封闭了惊讶的樱唇，一阵炽热的感觉突然探进嘴里，令人意识也模糊起来。小桃的双手下意识地在古寂的掌心里移动，微弱的力量却无法挣脱有力的束缚，只能像只垂死挣扎的猎物，任由猛兽逐步侵占。

突然，在小桃也变得不知所措的时候，门铃竟然响起了。古寂猛地一振，慢慢抽离了亲昵的吻。他知道只是房间到了时间，但小桃还没有退房，所以服务员来访了，但他没有在意这一点，也没有继续欺负小桃，只是冷冷地警告道：“外面的服务员救了你。这次学乖了吗？以后不要轻易挑战男人的底线。”

小桃好像真的被吓倒了，脸色惨白，连呼吸也被屏蔽了好几秒，随后又偷偷地喘气。

古寂发现小桃遇到某些敏感的事情，面具之下只是一只纸老虎而已。

该死的服务员对客人穷追不舍，门铃响个不停。小桃迟疑惊醒，趁机推开古寂跑到门前，想也没想便打开了门。

眼前人的确是穿着一套服务员的衣服，但这张熟悉的俊脸让小桃立刻发现自己开门是冲动的！

对方也惊讶得瞠目结舌，不禁指着小桃，半晌，才虚弱地喃喃道："小……小桃……难道抢了冰魔和炎魔的宝物的人是你？"

小桃没有回答，只是冷冷地反问道："夜洛珈，你来这里干什么？"

"我是奉命来捉偷了冰魔和炎魔宝物的犯人的。"夜洛珈先是正经地回答一句，又迅速变得焦急如焚，"小桃，快把那力量放走，我们老大现在很生气，赏金区正在找你，幸好是我首先找到你，如果是赏金区的其他同伴一定会杀了你的！"

"谢谢你的提醒。"小桃随便丢下一句，便把门推回去了，可是夜洛珈早有准备，立刻把门推进来，誓死不愿被抛在门外。

"你回去吧，我自有分寸。"小桃已经有点不耐烦了。

"小桃，你不知道我找了你多久？你离开之后我每天都想着你……小桃，不管你是骗子也好，是犯人也好，我都不介意的！"夜洛珈猛地捉住小桃的双手，脸上布满了伤感与哀愁。

突然，一个身影飞速闪到小桃后面，一把搂住她的纤腰，把她拖后几步，脱离了夜洛珈的束缚。

"先生，请不要随便碰我女朋友的手。"

夜洛珈顿足失色，惊讶地打量了古寂一下，讽刺地猜测道："小桃，难道这是你的新猎物？就是他帮你取得冰魔和炎魔的宝物吗？"

"不要拿你和我相比，你只是她的利用品，但我可是她的爱人。"古寂代替小桃回答，脸颊更是放肆地贴在小桃耳边，轻轻吹出诱惑的气息，“你说对吗?”

“当然了，我爱的只有你一个。”小桃的双手也游移到古寂的手背上，却极力掩饰着微微的颤抖。

“先生，你不是聋子吧?”古寂做了一个请求夜洛珈离开的礼貌手势，激愤的男子握紧了拳头，却又只能失落地低下头。

当夜洛珈气得犹豫不决时，突然传来一阵玻璃爆破的声音，夜洛珈愕然一看，才发现他们已经从玻璃窗逃跑了!

夜洛珈立刻赶到窗前，却已经看不见他们的踪影。

2.

其实古寂不过是冒险选择了屋子另一个角落，他一边打破窗户，一边逃到可以掩饰的柜子后面，幸好夜洛珈真的以为他们跳出去了，不然恐怕又要跟这家伙纠缠一会儿了。

待夜洛珈离去，小桃立刻推开一直抱住自己的古寂，狠狠瞪着他，喝道:“你占够便宜了没有!”

“是谁让我占便宜却还要配合我呢?”古寂坏坏地勾唇一笑。

“你是故意的?”小桃的脸色变得更难看了。

古寂没有回答，只是呼出另一种体贴的语气:“刚才那个男生说得对，这种能力不能留在身上，会招来杀身之祸。”

“我会放回幽女地宫的，反正我也不稀罕。”

古寂点了点头，懒懒地说道:“你先去还能力吧，我还有点事要办，你一个人去魔界没问题?”

“呵，怎么突然担心我了?”小桃勾起诡异的嘴角，自信心越来越强大，“难道我这么快就要‘赢’了?”

古寂弯唇一笑，淡然，神色难分:“你会履行承诺的，七天之后，我们就在这里见面。”

小桃答应了古寂的要求，虽然控制黑夜流沙的药物需要重新寻找并调制，但古寂并不知道此事要花费七天时间。他到底要去干些什么？小桃反而对这一点更好奇。

小桃偷偷皱了皱眉头，问道："难道你不担心自己一去不返吗？"

古寂傲然一笑，淡然道："我对自己有信心。"

自信得让人吐血的话语，令小桃不禁气鼓鼓地转身了。

分道扬镳之后，小桃却放不下心中的好奇，双脚竟然不自觉地跟上古寂的步伐……

古寂的心有点急，仿佛没有察觉小桃的跟踪。最后，古寂选择了一辆火车。

小桃没有直接上火车，只是从售票员那里得到古寂的目的地是焦原市的边境，然后直接乘坐出租车到目的地的火车站等候。

下了火车之后，显然古寂开始谨慎起来，越是靠近目的地，就越要步步为营。

显然他的目的地不再是那间宠物医院，小桃便加倍好奇，甚至屏蔽了自己的气息，一直跟古寂保持距离，好不容易才发现他的目的地，居然是一间不显眼的房子。房子显得有点旧，小花园的植物却打理得很好，肯定有人在里面长住，而古寂用钥匙打开房子的门，就像是自己的家一样走进去了。

小桃没有闯进这个房子，却着手向邻居们打探消息。

这里虽然有点旧，但也算得上是别墅，而且离市区有点远，所以住在这个小区里面的多数都是退休老人。

闲着没事做的老人都很喜欢聊八卦，小桃跟小区的俱乐部会员混熟之后，便开始打听那间屋子的事情了。

那里住的是一个孤独的女人，年约四十，与世无争，很少出外，优雅淡定，也不太喜欢跟陌生人说话。

最让小桃惊讶的是，那个女人居然有一个儿子，而这个女人是突然搬过来的，那个儿子也是很久之后才来探望母亲，然后逗留不久就走了。那个女人没有丈夫，也没有除儿子以外的其他人来探望她。大家都很好奇，每当儿子走后，她都会在稍微熟悉的邻居面前赞自己的儿子很乖很帅气，但当大家问他的儿子是干什么工作，为什么好不容易才出现一次时，她总是回避不答。

难道那个真的是古寂的母亲？但古寂身上散发的气息绝对不是人类该有的气息，怎么会有一个人类母亲？小桃之所以认为她是人类，是因为已经调查过她的身份。她叫叶惠，查得到她的身份证明，户口就在焦原市，但她的父母已死，未婚，没有儿女，那么古寂何来？难道只是他的一场戏？难道她又堕入了他的圈套里？

不甘示弱的小桃当然不会轻易放过这个问题，她索性回到宠物医院，从古寂的红颜知己那里寻找消息。从表面看起来，古寂跟柳紫和千雪的感情远比跟那个校花深，不然古寂也不会在校花面前刻意掩饰自己是灵力者的身份。

小桃的出现，再次挑起柳紫的愤怒。她一看见这个不速之客，二话不说便责骂起来：“你还来这里干吗？古寂不在这里！”

“我知道他不在。”小桃依旧一脸自信满满的样子。

“那么你还来干吗？把千雪逼到那个什么赏金区还不够吗？怎样？想把我也铲除掉吗？”

“别激动，我只是来问一些问题而已嘛。”

“你省省吧，就算你勒住我的喉咙，我也不会回答的！”柳紫丢下一句狠话，便愤然转身。

小桃依旧一脸淡定，站在门前，懒懒地问道：“难道你不想知道古寂现在去哪里了？”

柳紫微微一愣，回头，狐疑地问道：“你知道？哼！如果你知道他在哪里，就用不着来找我了！”

“我当然知道了，他就在他的母亲家里。”

简单的一句话，却让柳紫惊讶得目瞪口呆。明显她是努力压抑着自己的嘴巴，才没有脱口惊呼。

连柳紫都不知道古寂有母亲，难道真的是一场戏？

“难道你不知道古寂有亲人？”小桃刻意挑拨。

柳紫微微一愣，立刻反驳道：“当……当然知道了！我认识古寂已经两年了，这些事情怎么可能不知道？”

“哦？那你知道古寂是什么人吗？”

“你想从我口中知道古寂的事情？”柳紫有点看出来了。

“我只是想考验一下你们的熟悉程度而已。”

“你凭什么？”

“你可以不回答的。”

经小桃一气，柳紫又动摇了，忍不住冲动地反驳：“我当然知道了！我们认识他的时候，他已经看不见东西了，但他是遇到了一场灾难才会变成这样的。哦，对了，古寂不是普通灵力者，古寂是吸血鬼你知不知道？没有心理准备把血献给他，你就别留在他身边！”

看见小桃惊讶的样子，柳紫便窃喜了，态度变得嚣张起来。

“他是吸血鬼？但我从来没有见过他吸血啊，一般被吸血鬼咬过的都会变成吸血鬼，但你和千雪都不像啊！”小桃索性附和柳紫，以寻找更多秘密。

“呵，你以为古寂是那种人吗？他可是很有耐力的！虽然他是吸血鬼，但他没有吸过任何人的血。”

明明是吸血鬼却能够抵挡血的诱惑，通常这种情况只属于纯吸血鬼的专利。但他为什么叫古寂呢？古寂王族的吸血鬼明明是一堆以吸血鬼为食物的魔鬼，他和古寂王族是不是有什么关联呢？

3.

繁华的周末，偏远的别墅区显得更加冷清。叶惠的屋子一眼便吸引了路人的注意。园子里种满了各式各样的植物，宠柳娇花，为空气添上一份怡然的清香。

小桃来到花园外面，礼貌地按了按门铃。铃声传到屋子里面，一个带着甜蜜笑容的女人前来开门。她看起来年约四十，感觉实际年龄比脸蛋年龄要老，因为她保养得很好，皮肤还是很有弹性；她本来长得十分美丽，但从脸颊到脖子却有一条很长的伤疤，虽然她刻意用头发掩饰，但敏感的小桃还是看出来了；她的气质特别优雅，轮廓和古寂有相似的感觉。

“请问你是?”叶惠彬彬有礼地问道。声音一响，更显高贵温柔。

“我是古寂的……”小桃羞人答答地低下头，刻意露出不知所措的表情，再轻若无声地喃喃道，“朋友……”

叶惠仿佛看穿了他们特别的“关系”，意味深长地“哦”了一声，嘴角的笑容立刻咧得更开了。

“妈，是谁啊?”里面传来熟悉的声音，古寂像一个邻家男孩般捧着一盘洗好的水果，笑容满面地走出来。

明明眼前一片漆黑，古寂却好像看见对方一样，与小桃“四目相对”时，顿足失色，但很快就镇定下来，弯起故作冷静的微笑，问道：“小桃? 怎么找到这里来了?”

“你走了这么久都没有消息……我担心你，所以……”小桃低下头，既害羞又不安。

“才走了四天……”古寂无奈地说了一句，谁知却惹母亲更开心了。

“很甜蜜啊！”叶惠喃喃自语，兴奋地挽着小桃的手臂，带她走进屋子里。

坐下来之后，叶惠把水果推到小桃面前，带着无法掩饰的兴奋笑容问道：“你叫小桃没错吧？你喜欢吃什么水果？喜欢吃什么菜？我今晚做给你吃。”

“妈，你好像太心急了。”古寂偷偷在叶惠耳边埋怨。

“呵呵，不好意思，这年纪都是比较害羞的。”叶惠望向小桃，笑眯眯地打量着她。

“没关系的，我不挑食。”小桃也用甜丝丝的声音回答道。

“真好。”

“我儿子还是第一次带女朋友回家，真好。我去做晚饭给你们吃哈！”叶惠再次重复某句话，然后带着甜蜜蜜的笑容走进厨房。

“这算是我带的吗？”古寂皱着眉头，轻若无声地埋怨道。

“那么你意思是承认我是你的女朋友了？”小桃故意挑逗，古寂在这个家里却好像不敢露出平日冷漠的表情，也不敢跟小桃作对。

小桃并不习惯这样的古寂，他好像处处躲避，仿佛刻意隐藏自己冷漠的性格，甚至在晚饭之后，就匆匆地把小桃拉进房间里面了。

小桃冷眼看着他的背影消失，心里却越来越镇定了。她很有自信，她敢确定古寂的弱点就是叶惠，但叶惠跟他真的是母子关系吗？为什么叶惠就像是一个普通女人，跟古寂这种奇怪的体质一点关联都没有？

深夜，小桃静静地等待着，等待叶惠入睡之后，月圆之时，小桃换上一件性感的吊带睡裙，大胆闯进古寂的房间。

居然没有上锁，看来古寂跟这个叶惠真的有亲密的关系。

古寂没有入睡，一直坐在床边，仿佛等候着小桃的出现。

“你知道我一定会来？”小桃一边关门，一边轻声问道。

“你想做的事情，从来都不会中途放弃的，今天我这么反常，你肯定有很多疑惑。”

“那么你准备告诉我吗？”

“看情况。”古寂淡淡一笑，明明处于劣势，还是气定神闲。

“好吧，那么我就简单直接问，你到底是什么人？”

古寂眉头轻皱，反问道：“那么你又是什么人？身份有这么重要吗？我敢肯定我不是你的敌人，这就够了。”

“不够，我想知道……你的更多……”小桃大胆走到古寂面前，甚至轻轻伏在他身上，裸露的肩膀就在古寂的嘴唇面前，透着诱惑的香气。

古寂的脑袋微微压低，“眼神”好像落在小桃的脖子上。半晌，冷静的古寂渐渐贴近小桃的脖子，当小桃期待得有点紧张时，古寂却淡然地说了一句：“你的香气很清新，这种诱惑的姿态不适合你。”

小桃微微一愣，却勾起了自信又无奈的笑容，问道：“到了这个地步还要掩饰吗？你的母亲是人类，为什么你却是吸血鬼？你是后期变的吗？”

古寂不禁被小桃的话震惊了，半晌，才勾起讽刺的笑容：“你居然打听了我这么多事情，既然你的能力这么强，何必再问我呢？”

“但我不明白，你是吸血鬼，为什么不吸血？你害怕我的血有毒？还是你真的可以抵抗血的诱惑？”

“你穿成这样子就是为了试探我会不会吸你的血？未免太浪费了吧……”古寂突然勾唇一笑，竟大胆地抱住小桃的肩膀，突然张开獠牙，刺穿了小桃的肌肤！

首次被如此袭击，小桃居然没有反抗，静静地待在原地，感受着血液被一点点吸取。

古寂很快就放开了，冷冷地“盯着”她，问道：“怎样？现在确定我是什么怪物了吧？”

虽然确定古寂是吸血鬼，但他身上散发的却是灵气，这又是为什么呢？小桃皱着眉头，一脸不解，但很快就放弃了这个念头，摸了摸脖子，不忿地喃喃道："你真咬下来啊，一点都不懂得怜香惜玉，都不知道那些女生喜欢你什么！"

古寂无奈一笑，拉开小桃的纤手，再次在她猝不及防的时候凑近！一阵炽热而湿润的感觉突然滑过小桃的脖子，莫名的电流立刻窜进体内，让人浑身一抖！

"你……变态！"小桃一手甩开古寂的束缚，带着面红耳赤的表情气鼓鼓地走开了。

翌日，叶惠给他们准备了丰富的早餐，哪怕叶惠看见古寂已经收拾了行李，提着包包走下来，她还是笑容满面，没有责怪小桃的意思。

坐在儿子和小桃对面，叶惠不舍的目光却落在小桃身上，不停给她夹菜。看见小桃好像无动于衷的样子，叶惠便忍不住担忧地发问："是不是我的菜不合你胃口呀？你父母喜欢做什么样的早餐给你吃呢？"

小桃微微一愣，摇了摇头，嘴角挂着淡淡的苦涩："母亲把我生出来没多久就死了，父亲一直都没有为我做过任何值得回忆的事情，所以我对这些没有什么要求。"

叶惠一闻，眉头立皱，可怜兮兮地看着本应是真正悲惨的主角。

"真的吗？"古寂看见叶惠如此难过，狠心责问小桃。

虽然古寂冷漠，但他的攻击还是第一次让人有针刺的感觉。他在保护自己的母亲，却在无形中刺伤了敌人。

没错，她不过是他的敌人而已。

小桃不禁讽刺一笑，放下碗筷，跟叶惠道别，然后就闹脾气地匆匆离去了。

古寂抿住双唇，没有追上去。

见状，叶惠立刻推了推儿子的手臂，只是简单地说了一句："如果真心喜欢这女孩就好好对她吧。"

古寂点了点头，放下碗筷，拿起包袱，弱弱地留下一句"我要提前走了”，便走出家门。

他们谁也不敢看对方一眼，仿佛生怕那么一点点的留恋也会破坏接下来的好事。

走出家门不到一百米，古寂便看见了小桃的身影，她并不是气鼓鼓地离开，而是站在原地，带着胜利的微笑迎接他。

“怎样？我刚才的戏演得逼真吗？伯母好像很相信我哦！”小桃刻意用礼貌却讽刺的语气挑逗道。

“走吧！”古寂冷冷地从她身边走过，只是丢下平淡的一句命令，却好像没有为小桃的戏份激动过。

4.

赏金区的猎人，像渔网一样散播各地，拼命寻觅着某条重点鱼儿，宁可杀错，却不放过。

看着无辜者被捉走，小桃居然无动于衷，古寂唯有暗中出手相助。

小桃一直流浪，没有目的地，也没有方向，察觉到小桃根本没心把宝物还给幽女地宫，古寂心知如此下去，就算赏金区捉不到小桃，也会死伤无数，古寂不得不“监督”小桃把宝物还回去。

踏入魔界，古寂便加倍小心。小桃大胆踏入幽女地宫，好像一点都不担心赏金区会在里面埋伏。

一直让古寂在幽女地宫外面等候，古寂却偏要跟进来，小桃一脸不忿，最后还是忍不住埋怨道：“你这是什么意思？怕我不归还宝物吗？”

“你上次在这里中过子弹，而且赏金区猎人也有可能埋伏在内，我怎么可以让一个女生冒险呢？”

“哦？怎么突然对我这么好了？难道想应付伯母？她希望我当她的媳妇？”小桃故意挑拨，仿佛欲从中找到什么。

“我们这样猜来猜去也没意思，反正我不会说，你也不会说，我们都不去揭露对方的秘密，干脆做一点有意义的事情吧！”

“好，那么我就履行之前的承诺吧！”小桃把两大宝物放在冰魔和炎魔的入口，丢下一句让人难以置信的话。

小桃说，第一件需要的药物居然是纯吸血鬼王族的毒藤。古寂并不担心小桃会趁机毒害他，但纯吸血鬼王族已经完全被黑夜流沙淹没了，毒藤何来？而第二件也是属于四大王族的宝物之一，血花王族的血花。想必接下来的两件宝物也是其他两大吸血鬼王族的宝物。虽说血花王族和九宫王族还没有完全没落，依旧有痕迹可找，但古寂王族的宝物又是什么？小桃连幽女地宫的宝物都还回去了，那还会是什么呢？

小桃的目的不再是魔界，她竟然选择回到人间，沉默为她披上了一层神秘的面纱。古寂知道，她是在还击，因为他坚守秘密的态度而还击，但这未免幼稚了一点，跟她平时的性格好像有点差别。

二人一直马不停蹄地赶路，终于，小桃停留在一间十分奇特的大屋面前。小桃把掌心放在门铃上，妖气与门铃形成了特别的化学作用，怪门突然张开血盆大口来欢迎小桃。古寂不禁把神经绷得更紧，小心翼翼地踏入这个宛如迷宫却处处埋伏着利器的屋子。

灯火阑珊处，一个高贵优雅，犹如末代公主般的女子慢慢走出来，带着似是礼貌，又似是冷漠的表情看着小桃，问道：“请问有何贵干啊？”

“我的朋友中了毒，我想要一点毒藤来制药。”小桃说道。

女子打量了古寂一下，然后很快就把毒藤折断一部分交给小桃了。

走出奇怪的屋子，古寂不禁回想了刚才的一切，沉思了一会儿，再道：“刚才那个女子散发着妖气，屋子十分奇怪，普通人是进不去的，就算普通灵力者进去了也会被她设下的结界割破皮肤。你怎么会认识这样一个人？我以为你征服男性有一手，没想到也会有女生愿意跟你交朋友。”

小桃讽刺一笑，高傲地喃喃道：“等我找到四件宝物再给你揭开谜底吧！”

接着小桃来到另一个城市，这里比较热，虽然是春天，但只需要穿一件单薄的衣服。小桃选择在一条冷清街道附近的旅馆住下来，住到本月的七日。七日的清晨，小桃早早来到冷清的街道上，等待七时七分七秒的那一刻，她突然用灵气掀开了“地面”，一层宛如阵图般的血纹居然从地底浮现出来！

这个有九个格子的阵图，看来跟四大王族的九宫王族有关，但小桃没有多作解释，只是偷走了阵图其中的血花和蝙蝠。

看似被封闭已久的血花依旧鲜艳，只是蝙蝠已经变成了一只巨大的标本了。

三件宝物已到手，古寂一直在逐步地猜测，但他始终猜不到，古寂王族的宝物到底是什么。古寂王族是四大吸血鬼王族之首，却神秘莫测，就连居住地方也是因为被黑夜吞没才暴露了地址。对四大王族有所了解并不出奇，奇怪的是为什么小桃居然对四大宝物的收藏地点如此熟悉，甚至说要就能够得到？刚才那个女子明显也不是普通人，甚至很可能是纯吸血鬼，一个如此高尚的身份，为什么还要敬重小桃？

为了第四件宝物，小桃一直在焦原市徘徊，这是赏金区的部落，她大胆在这里逗留，难道目标是赏金区猎人？

当古寂有了这个想法时已经太迟了，小桃已经捉住一个赏金区猎人，用锁链狠狠勒紧了他的脖子！

古寂立刻按住小桃的纤手，制止道：“如果要杀人才可以治疗我的病，我宁愿这样痛下去！”

“他不是人。”小桃冷冷抬头，盯着古寂的眼神里却散发着无形的恨意，“他是魔鬼，他的食物是吸血鬼，是靠吃同类而生存的魔鬼！”

“但如果我要喝了他的血才能治病，我不也是一只魔鬼吗？”古寂好像没有发现小桃的怪异，继续理直气壮地反驳道。

突然，冷静的吸血鬼居然在锁链里挣扎，小桃愕然一愣，才迟疑地发现正向他们跑过来的少年！

“他的同伴来了，我们走吧！”古寂捉住小桃的手臂，命令加行动催促她离开。

小桃却偏要镇定地站在原地，突然把吸血鬼打晕了，再望向眼前的少年，勾起似是自信却又似不堪一击的笑容：“来得正好，又一次发现我了，你要怎么处置?”

少年握紧拳头，紧紧抿了抿唇，仿佛在让激动的神经冷静下来，问道：“你来这里干什么?”

“我要古寂王族的血。”

“用来干什么?”少年对这个冷漠的女杀手毫不畏惧，反而比怪屋那个纯吸血鬼女子更大胆。

“治病。”小桃望了望身边的古寂一眼，令少年也把好奇的目光落在他身上了。

少年抿了抿唇，犹豫了一阵子，居然把大手伸到小桃面前，说了一句令人震惊的话：“用我的血吧，他那一批吸血鬼已经被黑夜流沙污染了，我的血还是很干净。”

小桃惊讶地望向他，又迅速低下头，仿佛刻意回避他的眼神，只是回头跟古寂说：“你来取血吧。”

“不，我要你亲手割！我的血只有你能取！”少年微微切齿地盯着小桃，却又压抑不了激动的颤抖。

小桃停下了欲离开的脚步，抿住双唇，奋然回头，一下子割破了少年的手腕，然后盛了半个容器的血液。

“够了。”小桃丢下一句似是温馨，又似是冷漠的话，然后快步走开。

“下次有事可以直接来找我的！”少年没有追上去，只是向跑得远远的小桃大喊一声。

离开了那个少年的视线范围，古寂便忍不住心急地追问道：“他是谁?”

小桃没有正视古寂，仿佛刻意扯开了话题：“你不是应该问我为什么可以轻松得到这四件宝物吗?”

“首先，第一个怪屋里面的女子肯定不简单，似乎是纯吸血鬼，要不就是你跟她一直有打交道，你的身份比她更高尚更特殊。血花和蝙蝠来自一个封印，你如此熟悉，并在固定时间取出封印，可见你对那个封印十分熟悉，也代表你对四大王族十分了解。”

“都猜对了，只要把这四件宝物炼制成气体药物，就可以控制你体内的黑夜流沙了。”

“但你还没有回答，他是谁?”

“你不是说过我们之间都有秘密吗？不要越过对方的界线！”小桃瞪了古寂一眼，发出了无形的警告。

虽然小桃在古寂面前公开了药引来源，但这个药物明显也是一个不能向外界透露的秘密，所以哪怕就在焦原市里面，小桃也没有选择宠物医院，只是在旅馆租了两个房间，专心调制药物。

小桃不担心古寂带着她的秘方逃跑，但古寂竟然日夜守候，生怕她会毁约消失一样。

经过七天七夜的炼制，药物终于调制成功了，形成一个微型云朵般的气息漂浮在半空中。

小桃让古寂来到自己的房间里，已经好几天对望却没有说话的二人，才因此打破了沉默。

“你的黑夜流沙在哪个位置?”小桃问道。

“这里。”古寂指了指心脏。

小桃别过脸去，抿了抿唇，说道：“脱衣服吧。”

古寂乖乖地脱掉上衣，然后走到小桃面前，大胆地挑拨道：“医生，你不正面看我，怎么给我治疗啊?”

“这么简单的事情，用不着看你也不会弄错位置的！”小桃的脖子扭得更偏了。

“哦？难道……你害怕？骗过无数男生，杀人不眨眼的女杀手居然会尴尬?”古寂弯腰，脸颊放肆地贴得更近，虽然看不见，眼睛却好像在近距离穿透对方的思想一样。

小桃不容许自己有如此懦弱的表现，立刻别过脸来，欲正视古寂，却发现二人的距离已经近得差点要接吻了。小桃立刻屏蔽了自己的呼吸，狠狠盯着古寂，让他知难而退。

可惜古寂不但没有退后，反而勾起自信满满的笑容，令人加倍不忿。小桃抿了抿唇，微微切齿地问道：“你的身体是不是被很多女人看过了？你很习惯这种亲密方式？她们每一个都被你吻过了，对吧?”

古寂摇了摇头，笑容变得温柔了许多，身体也往后移动了：“见过我身体的，就只有千雪和柳紫，因为治病的原因，但我没有跟她们接吻，因为我无法给她们幸福，就不可以给她们名分。”

“你真坏！”小桃无奈却讽刺地说道，“其实你这样对待她们反而更可怜，我猜她们宁愿得到你的吻，哪怕就一次也好。”

古寂的大手偷偷游移到小桃背后，突然搂住她的纤腰，让她有点猝不及防，脸颊也莫名地炽热起来。

“你呢？你想得到吗?”古寂慢慢凑近，锐利的瞳孔好像可以看透对方一样，让人酥麻又不安。

小桃用力抿住双唇，保持冷漠的眼神。

古寂仿佛看穿了她的小把戏，却没有就此放过她，反而大胆地贴近。

眼看薄唇快要降落到唇上，小桃极力让自己冷静下来，脑海突然浮现了一个反击的念头："古寂，你这样算不算输了？"

古寂微微一愣，突然惊醒时，他不禁讽刺地笑了。没错，这种表现真的像是败在她的温柔乡了。

第四章

敌人的立方

1.

当天空出现了缺口，裂缝迟早会出现，特别在贴着伤口的创可贴被撕开之后。倾盆大雨连夜降落，黑夜流沙明显地包围着雨水降落大地，变成无色无味的气息，偷偷潜入空气中。

这个一发不可收拾的情景，让某些人联想起某些事，揭开了一些根深蒂固的伤疤。

一个久未见面的朋友，在这个风雨交加的晚上居然给了古寂一个电话。

他第一次这样会见古寂，自从上次分离后，古寂以为他们再也不会见面了。看来，除了黑夜流沙酸雨之外，还有另一件大事发生了，又或者，他关心的就是这件事。

因为古寂体内的黑夜流沙刚刚被控制，而外面却下着带有黑夜流沙的酸雨，所以小桃一定要让古寂继续留在旅馆，直到黑夜流沙完全散去才能够离开。

古寂这一次很听“医生”的话，就连跟老朋友见面也选择在旅馆里面。

夜深人静，旅馆房间的灯全部熄灭了，却在这个休息的时候，他偷偷潜入旅馆了。古寂坐在伸手不见五指的漆黑里等待，呼吸自然，没有一点紧张。

“你是唯一一个不怕我的人。”一个中年男子连门都没有敲，便放肆地走进古寂的房间。他的声音很沉，语气冷静又诡异。

“幻陌，你可是我的恩人，我怎么会怕你呢?”

幻陌勾唇一笑，似是傲慢，又似是讽刺，幻陌盯着古寂，仔细打量着他的身体与气息，半晌，问道：“你的恩人不止我一个了。”

幻陌走到古寂面前，掌心贴在古寂的胸膛上，笑得更诡异了：“是谁帮你治好黑夜流沙的?”

古寂用气感受幻陌的变化，他却依旧淡定，平静无波，于是古寂只能说：“没有人帮我治疗，是我用灵气固定了黑夜流沙。”

幻陌轻轻皱了皱眉头，感受了一下四周的气息，再道：“这里只有你一个吗?”

“全旅馆有这么多人，你想找谁？直接说吧。”

幻陌点了点头，走到古寂面前，紧紧盯着他的表情，审问道：“我只想知道，到底是谁在帮你。”

古寂讽刺一笑，冷冷道：“你觉得我需要吗？你可别忘了我是什么人，有些事情，并不是不可能的。”

幻陌微微一振，仿佛想起了什么，不禁讽刺地笑了起来：“对啊，你可是非同凡响的，我怎么忘记了这一点呢？唉，老了就是没记性。”

“幻陌，你不老，你只是在试探我而已。最近在追杀谁？怎么怀疑到我身上了?”

被看穿了的幻陌不禁笑得更讽刺了，索性坐在古寂旁边，放松了心情，坦然道：“我认识一个人，只有她才能够控制黑夜流沙，所以我怀疑她给你治病了。”

“她是医生?”古寂好奇道。

幻陌点了点头，声音也变得沉寂了，“也是一个杀手。”

“居然让你幻陌头疼了？我真想知道她什么人！”

幻陌拍了拍古寂的肩膀，说道：“那么你也帮我留意一下这个人，有消息就要告诉我了。她是我们赏金区第一大猎物，古寂王族的公主——尸妃。"

敏感的字眼让古寂微微颤抖了一下，他不禁皱起眉头，问道："为什么要追杀王族的公主?"

"在你离开之后，发生了一件大事，她现在是古寂王族以及赏金区的大敌，所以你遇到这个女人一定不可以姑息养奸。"幻陌刻意加重后面四个字的发音，临走之前也给古寂留下了个警告。

幻陌的气息消失了，这个漆黑的房间里只剩下古寂一个人，夜晚突然变得漫长了许多，因为有了思绪。

古寂从来没有遇到过可以控制黑夜流沙的人，他也不相信人间还有第二个像自己这类型的"生物"。在古寂大概猜到幻陌要找的人时，住在旁边的少女也烦恼得无法入睡。

日上三竿，今天"医生"还没有走过来观察自己的病情，古寂便首先拜访小桃了。

小桃没有逃跑，早餐也没有吃，一直放在桌子上，她却坐在窗前，若有所思地注视着窗外的世界。

古寂谨慎地关上木门，一边向小桃走近，一边问道："怎么连早餐都不吃？有心事吗？今天怪怪的。"

"有事的人可是你呢。"小桃的语气很低沉，讽刺中却带着不易被察觉的愤怒。

"怎么这样说?"古寂坐在窗边，用这双空洞却锐利的眼睛"盯着"小桃，"我什么时候要死了？告诉我吧，让我有个心理准备。"

"如果我说你很快就要死了，你想做些什么?"

古寂皱起眉头，嘴角却带着笑容，思考了一阵子，说道："我真没想过这个问题耶，不过幸好你提醒了我。在我死之前，我首先要为我的红颜知己们做一堆好事，令她们以后生活无忧。"

"那么我呢?"小桃愤然脱口，却又突然发现自己的冲动，立刻改口道，“我可是你的救命恩人，如果你知道自己快要死了，那会怎么报答我？”

“看看你的要求吧，如果你要我立刻死，可能有点难。”古寂的话意味深长，笑容却消失了，只是用有点好奇的眼神“凝视”小桃。

感觉自己的想法已经被看穿了，小桃也没有掩饰的意思，大胆问道：“昨晚我感受到有一股很奇怪的气息，在这个旅馆里面，除了你和我，其他人都只是普通人类，所以那股气息不是来找我的，肯定就是找你了。”

“有怪人找我又如何？对你造成威胁吗？难道你也会怕仇家找上门？”

小桃瞪了他一眼，咬牙切齿道：“如果是你，感觉得到一股强烈的气息和一个跟你同路的人有来往，你也会好奇吧？我结怨如此的多，仇家我不怕，你想怎么样我也不介意，但我有权避免一些不必要的风波。”

语毕，小桃便愤然走开。

古寂一把捉住她的手腕，却并不是打算回答她的问题，反而吐出更严厉的语气：“那么上次给你血液的那个男生是谁？”

小桃讽刺一笑，回头，俯视坐在窗边的古寂：“怎样？你嫉妒吗？没错，他是我的男朋友，但我的男朋友那么多，你能嫉妒多少？还是，你真的输给我了？如果是真的，不如你先去铲除掉那些爱我的人再说吧！”

“我跟他们无冤无仇，我不会杀他们。”

“是吗？但你的眼神告诉我你很在乎哦！”小桃带着自信的笑容走回来，弯腰，贴近随时会向后坠落的古寂，樱唇落在与古寂的薄唇只有三厘米左右的近距前，刻意挑逗道，“生气并不是征服我的办法。”

古寂一闻，忿然作色，立刻把小桃的身体翻过来，粗鲁地把她压在墙壁上！当小桃以为古寂又要吓唬自己时，他居然二话不说地塞住了她的嘴巴!

意志和力气变得越来越薄弱的小桃终于放弃了挣扎，双手软弱下来之后，古寂的嘴巴才稍微放轻了力度，慢慢松开激烈的缠绵，却停留在跟小桃只有三厘米左右的近距前，带着严厉得可怕的气势发问："我最后问你一次，他是谁?"

小桃的神经已经酥软麻痹，无法提起精神反抗，唯有不自觉地选择了投降："他是我唯一爱过的人……"

"既然分手了，为什么还要纠缠不清?"古寂继续发问，但语气已经变得温柔了许多。

小桃狠狠瞪着他，咬牙切齿地警告道："不要得寸进尺，你那点威力只能逼我说一句话而已!"

"那么你想看见我更多'威力'吗?"

"你敢?"

古寂傲然一笑，带着胜利的兴奋放开了怀抱。

2.

宁静的夜晚，古寂躲在房间里窃窃私语，犹如一个正在给上级报告的卧底。

小桃仔细偷听，却得不到任何结论，但越是神秘，她的怀疑就越深。

清晨，服务员还没有把早餐送过来，古寂便偷偷离开了房间，

整晚辗转反侧，小桃在监视着古寂的动静，但她最担心的事情终于发生了，古寂偷偷溜走，带着不可告人的目的。

小桃没有跟踪古寂，却偷偷闯入他的房间，从中寻找蛛丝马迹。

当小桃以为这将会是一个困难的任务时，一进房间，却发现了放在窗前的画架，画架上面有一幅素描，正是窗外的城市风景，画得犹如照片拍下来的画面一样，相似度近乎95%。一个瞎子就算可以凭气息感

受对方的位置，但怎么可能感受城市的样子？难道他在眼睛瞎了之前在这里住过？但小桃更相信古寂的眼睛本来就没有问题。一次又一次的发现证明，古寂真的不是一个瞎子，他能做很多瞎子做不到的事情。

小桃再仔细观察了一下，发现古寂的手机放在这里充电，于是她走到手机面前，欲拿起来的时候，纤手却停留在半空。

如果里面有不可告人的秘密呢？她到底应不应该知道？但万一是一个在她意料之外的误会呢？她又应不应该相信？

疑惑之际，木门突然被推开了，小桃一点都不震惊，却像早有准备一样盯着门的方向，等待古寂的到来。

古寂手上捧着两份早餐，当他发现小桃时，一脸尴尬，像健全人一样下意识望了望手上的早餐，无奈地喃喃道："这么早就起来了，我还打算送早餐过去呢。"

"无端对我这么好？心虚吗？做了对不起我的事情吗？"

"就是简单的想对你好，你不喜欢这样吗？"

"你心虚！"小桃刻意勾起讽刺的笑容，却无法掩饰心里的愤怒，视线也下意识落在画架上面了。

古寂仿佛察觉得到这一点，便恍然大悟："呵呵，难道你生气就是因为那幅画？昨晚千雪打电话给我，说找到比之前更好的药。她是为了我才进入赏金区的，我不想辜负她，所以答应了她过几天回去做治疗。她很喜欢我画的画，所以我顺便画一幅回去送给她。"

"你对红颜知己真好啊！"

"我对你也很好的。"古寂把早餐捧到小桃面前，除了花言巧语之外，那张迷死人的笑容也一样具有欺骗能力。

小桃狠狠瞪着他，突然，小桃在古寂骤不及防的时候用锁链捆绑了他的脖子，紧紧扣住了他的喉咙！

"为什么那个怪人来了之后，你就鬼鬼祟祟的？你刚才出去做什么？

为什么突然给我送早餐?”

“我给你送早餐的原因，是因为我要去找千雪，我怕你不高兴，但除了这些，也是因为我想对你好，经过昨天的事情，我以为我们的关系已经很深入了……”古寂依旧一脸淡定，坏坏的笑容里还透露了挑逗的意思。

小桃一闻，加倍激动，把锁链勒得更紧了：“你不要太嚣张，别忘记现在你是我的猎物!”

古寂勾起更自信的笑容，像个高高在上的胜利者一般：“你不相信的话可以看我的通话记录，但我很想知道，你是对我没信心，还是对你自己没信心?”

“你不要再用这种招数来对付我!”小桃愤然指着画架，喝道，“你不是瞎子吗?瞎子能画出跟外面风景一模一样的素描?就算你能凭气息感受对方的大概外形，但也不可能强到这个地步吧?”

古寂耸了耸肩，勾起无奈的笑容：“既然我们都到了这种关系，我也不瞒你了。”

“什么这种关系?不要趁机占我便宜!”小桃依旧怒火中烧。

“好啦，别生气啦!”古寂拉着她的纤手，力度与声音都格外温柔，让小桃的身体酥软不堪，连摆脱古寂束缚的力量也没有了。

见小桃的气势稍微减弱了，古寂才淡然地解释道：“在一次战斗里，我受了重伤，除了留下胸口那片黑夜流沙隐患之外，眼睛也受伤了。其实我并不是完全看不见东西，白天或者有灯光的情况下，我还可以看见一些黑白残影。”

小桃先是愕然一愣，随后又露出了恍然大悟的表情。

半晌，小桃的心情平复下来，却又露出不怀好意的微笑，轻轻凑近古寂，语带挑逗道：“那么你觉得我怎么样?”

“这个不是你的真面目，我不作评价。”

小桃惊讶一愣，又皱起了眉头："你的眼睛可不是一般的厉害啊！"

小桃又讽刺地笑了笑，犹如在耻笑自己的失败。她的纤手游移到额头，然后从额头贴着脸颊抚摸到下巴，一张全新的面孔随即浮现在眼前。

古寂紧紧凝视着这张蜕变的脸，嘴巴也惊讶得不禁微微张开了。

"好美……"古寂的大手不禁游移到小桃脸上，放肆地抚摸着陌生的轮廓。

犹如带着电流的手指，让人浑身麻痹，连皱眉的能力都没有。任由嚣张的男子将自己的身体搂紧，渐渐倒在柔软的床上。

古寂近距离凝视着小桃，在黑白世界里，这张羞答答的脸颊却显得加倍唯美，犹如一只伪装成天使的魔鬼，让人呼吸都屏蔽了。古寂不禁低下头，从光洁无瑕的额头轻轻吻下去。

柔弱的吻却攻击力十足，小桃知道自己的神经快要抵受不住，努力捉紧最后一分意志，语带命令道："古寂……改掉这个名字……我不喜欢。"

"不能改……"古寂的语气很柔和，说话内容却坚定不移。

"为什么？"小桃突然绷紧了神经，稍微清醒了一点。

"因为它陪我走过一段很重要的路。"

小桃一闻，加倍紧张，激愤之下，小桃不禁动用锁链，可是迟疑地发现自己的妖气竟然无法释放，就像被什么结界封印了一样！

小桃惊讶地推开古寂，瞠目结舌地瞪着他，却从他的眼神里找到了答案。虽然古寂没有说，但她感觉得到，古寂回答道："没错，是我。"

古寂比她所遇到过的所有敌人都要强，甚至比她最憎恨的那个人都强。这种压倒性的强大，让身经百战的小桃也感到莫名的不安。

"你到底是什么人？"小桃皱起了眉头，不禁坦然责问。

"过去已经过去了，我现在只想当一个普通人。"

面对古寂的淡定，小桃不再强求，也不再对他的身份保持好奇了，因为她必须逼自己对他起戒心，这个男人像刀锋一样危险。

3.

大雨渐渐变小，这两天雨已经停了，街上也看不见黑夜流沙的扩散痕迹。

古寂已经收拾了行李，跟千雪约定好了，明天出发去宠物医院。

虽然古寂知道小桃应该猜到自己会这么做，但他还是选择亲口跟她说一声，希望她的怒火不会再次燃烧。

古寂带着晚餐踏入小桃的房间，她坐在窗前，一脸淡然，没有生气，但也没有很好相处的表情。

古寂就知道她会生气的，所以首先走到小桃背后，轻轻抱着她的肩膀，转到另一个话题上："外面已经两天没有下雨了，不如吃完饭之后我们出去走走吧?"

"笨男人在做坏事前后都会露出马脚，你不要用这种方式来对待我，别让我以为自己高估了你的智商好吗?"

"哦? 那么你现在是承认了我在你心目中是很聪明的吧?"古寂沾沾自喜。

"少跟我来这套了!"小桃拨开他的大手，冷冷地讽刺道，"你明天要去宠物医院吧? 要去就去，干吗这样婆婆妈妈的?"

古寂吸了一口气，弯起尴尬的笑容，走到小桃面前，竟然呼出温柔却带着危险性的甜言蜜语："我希望回来还可以看到你嘛。"

小桃看也没有看他一眼，故作镇定地盯着窗外的风景，问道："为什么你的痛楚明明消除了，却还要利用这一点去哄千雪?"

"你这是吃醋吗?"

"少说废话!"小桃的语气有点不耐烦了。

古寂无奈地点了点头，再道："我只是不想辜负她的一番心意而已，千雪为了我还进入了赏金区，这任务对她来说太苦了。"

"那么你大可以叫她退出赏金区啊！"小桃单刀直入，古寂却没有察觉其中的试探之意。

"赏金区难进更难出，对赏金区有用的人，他们的主子不会轻易放走，就是没有用，主子也不会轻易放走，因为他们已经得知了赏金区的运作，聪明的主子会用尽一切方法牵制他们。"

小桃惊讶地看了古寂一眼，又躲开了与他对视的机会。

她可能还是不相信自己的话，他真的去去就回，可惜小桃没有把这个考验的机会留给古寂。翌日，小桃退房了，悄悄地消失了。

如果小桃真的是吃醋了，那么他或许应该跟那些红颜知己划清界线了。古寂给千雪发了一条信息，狠心地告诉她，自己的伤已经治好了，并打算到赏金区一趟。在划清界线之前，他起码要安排千雪离开危机四伏的赏金区，虽然这或许是一个比较漫长的过程。

雨后的天空，黑夜里没有彩虹，皓月千里，犹如太阳般明艳照人。

正在洗碗的叶惠突然听见阵阵凄凉的猫叫声，立刻惊讶地停下了手中的活，仔细思考，周围邻居只有人养狗，却没有养猫的住户，那么猫从何而来？而且声音如此可怜，难道是一只受伤的流浪猫？

一想到这里，叶惠不禁抱着满溢的同情心跑出屋子。

打开大门，凄厉的声音便更明显了，它仿佛就像从自己花园的花丛中传出来一样。叶惠欲走近声音来源，敏感的神经却被突然而来的一股寒气给吓得止步了。虽然现在是雨季，天气还在十度左右，但现在的风居然像冰天雪地般凛冽，抬头一看，天地氤氲，犹如被一股来历不明的气体掩盖了月亮。

叶惠先是一脸震惊，但她仿佛突然联想到什么，立刻转身，欲拔腿跑进屋子时，猫咪却突然从花丛里扑出来！

当叶惠惊讶回头时，看见的并不是一只小猫，而是一只长得像人一样却拥有两只猫耳朵的怪物！没有耐性的猫妖突然把叶惠扑倒，立刻用尖锐的爪刺向叶惠！

“啊——”叶惠下意识尖叫，双手胡乱挥舞，却被猫妖抓了数条伤痕。

一旁冷眼旁观的少女看得皱起了眉头，只见叶惠真的没有还手之力，才跳进花园里出手相助。

看见敌人的到来，猫妖欲撤退，叶惠居然立刻变了另一个人似的，勇敢地捉住猫妖，向少女喝道：“小桃，快捉住她！”

小桃先是一惊，但很快回过神来，立刻用锁链捆绑了猫妖，让她无法动弹！

叶惠爬了起来，解释道：“因为不知道她的爪子有没有毒，如果有毒的话，可能要她的血清帮我解毒。”

“哦……”小桃一脸恍然大悟的样子，但心里已经泛起了复杂的想法了。一般人被妖怪攻击了，怎么还可以冷静地思考这些问题？但从刚才的攻击来看，她在危机中没有散发一点灵力或妖力，看来真的是普通人类。小桃有点分不清她的真实身份了，而且有一种感觉，觉得从叶惠身上看到了自己的倒影——一个很厉害的骗子。

小桃把猫妖锁在花园里，她的身体偷偷缩成一只小猫，但没想到小桃的锁链也跟着她的身体变小，令她无法逃跑。“一般猫妖没有毒，可能是某些怪气把她引来而已。”小桃道。

“嗯，先等等看，如果没事就可以放她走了。”叶惠礼貌地说道，“这次真的很幸运啊，要不是你出现，我恐怕要死掉了！”

“古寂的伤治好了，他不好意思回来跟你说，所以我才多事做这个小人呢！我帮你看看伤口吧，我学过医术的，应该可以帮上忙。”小桃让叶惠走进屋子里。

听小桃这样解释，叶惠好像没有任何怀疑之意了。

见状，小桃便开始试探叶惠了："对了，伯母，你看见妖怪怎么还可以如此镇定呢？难道你也不是人类？"

"我是人类啊，但寂是灵力者嘛，我见过一次他在我面前消灭妖怪。"叶惠毫无压力地回答小桃的问题。

小桃皱起了眉头，一脸天真地问道："那怎么你是人类，古寂却是灵力者？难道……你们……"

看见小桃不好意思猜下去，叶惠便大方地回应道："我们是亲生母子，但为什么他是灵力者，我却是人类，我就真的不清楚了。从我有记忆的时候开始，我就已经住在这个城市了，因为寂在我面前消灭过妖怪，他怕会连累我有危险，所以才买了这间房子给我。"

小桃再次露出恍然大悟的表情，然后给叶惠一个详细的解释，让她相信伤口没有毒，才提议把猫妖放走。

叶惠跟在小桃背后，怯怯地走到门前。

一眼看过去，本来被捆绑在花丛的猫妖居然不见了！叶惠立刻把花园的灯开了，让小桃看得更清楚。在灯光之下，小桃竟然发现了一个惊人的画面——猫妖没有逃跑，身体却在慢慢腐烂，从爪子到身体，最后只剩下一副骸骨！

"啊——"叶惠突然尖叫起来，猛地捂着脑袋，面容扭曲成一团！

"伯母，不用怕，没事的，你的伤口没有毒！"小桃立刻安慰她。

叶惠猛地摇晃着疼痛不堪的脑袋，极力挤出神志不清的话语："是我害死她的！有毒的是我，她抓了我的手才会腐烂的！"

"什么？伯母，这是什么意思啊？"

"我是魔鬼啊！我才是妖怪！"

"不！伯母，你是人类，很正常很普通的人类！"小桃抱紧叶惠的肩膀，让她冷静下来，"你的气息就是很正常的人类，你怎么可能是妖怪呢?”

叶惠惊讶抬头，脑袋好像没有那么痛了，但残余的画面还是让她极度不安，“但我刚才怎么突然有几幅画面闪过？那是我的回忆吗?”

“是什么画面?”

“我……我看见了自己亲手毁灭别人……一个人……就像纸一样轻易地被我烧毁了……他们在拼命挣扎，我却无动于衷……”

“那是错觉，可能是你太害怕了，我们进去吧，好好睡一觉，明天什么事情都会忘记的!”

叶惠努力站稳脚步，转身走进屋子，但在关门的瞬间，她还是忍不住偷望了猫妖的尸体一眼。从那追悔莫及的痛苦之中，小桃似乎选择了相信她，相信她并不是一个骗子。

虽然小桃还是觉得她可能很特别，她和古寂也不是一般生物，甚至是自己不知道的神秘生物，但是现在已经不感兴趣了。

在新的故事里，在已经遗忘了痛苦的世界里，她重新学会了软弱。她知道自己会后悔的，只是这一刻暂间忘记了而已。

4.

寻找小桃难，但要帮助千雪脱离赏金区更难。两件事不可以同时进行，古寂还有第三件事想了解多一点，于是古寂选择后者——前往赏金区。

赏金区是一个神秘组织，其手下分布在多个城市，主要基地当然是最神秘的。古寂并不是要见组织的主子，当然他是有这样的能力，但他也不可以直接问千雪组织的地址，因为这样会给她带来麻烦，所以古寂索性直接前往自己所了解的组织地点之一。千雪在焦原市长住，如无意外，她应该在焦原市的分地被应聘，而且以她的实力，应该没有被分派到主基地。

古寂以熟悉的暗号轻易进入了赏金区的焦原市分地，这里是一间富商的高级会所，娱乐项目应有尽有，当然也有很多不可告人的交易在进行。

对基地不熟悉的人，并不知道基地的领头人是谁，他有可能不在基地里面，也有可能假装成一个扫地的小角色。古寂没有见过焦原市分地的领头人，所以只好在这些龙蛇混杂的人群里面寻找了。

现在已是晚上十点了，正是富商们享乐的时候，有些无须照顾富商的成员便陆续回宿舍了。

他们没有固定的休息时间，现在看来是刚刚开了会后离开。

远远看过去，古寂一下子便发现了一个俏丽而耀眼的女生，但除了古寂之外，好像有其他人更迷恋这个少女。

一见千雪出来，三个“粉丝”已经汹涌而上，他们身穿名牌，戴着奢侈手表，看来都是富二代。

千雪一向脾气很好，没有对他们发火，只是努力地婉拒他们的约会请求。

只见千雪因为烦恼而变得越来越高傲，有一个富二代甚至忍不住去捉千雪的纤手，发出可怕的警告：“你再这样不识抬举的话，我就让你们老大把你卖给我了!”

千雪一听，大惊失色，不知所措之际，一股强大的灵气突然狠狠压在富二代身上，把他逼得无法呼吸!

“谁敢碰她一下，我就将谁的器官一个一个挖下来，直到死为止。”古寂警告，却像高高在上的暴君，只要轻轻一捏，就可以把他们置于死地。

当古寂松开束缚的时候，他们立刻落荒而逃。

古寂皱起了眉头，抢先说道：“你在赏金区经常遇到这种情况吗?”

千雪抿了抿唇，却弯起勉强的微笑，摇头否认。

“赏金区不适合你，而且我的病都治好了，我会帮你申请离开的。”古寂顿了顿，经过沉重的思考，再道，“如果在你可以离开之前遇到自己解决不了的事情，你就告诉他我的名字吧，我跟赏金区主子还有点交情。”

“什么？古寂……你居然……”

古寂立刻把食指放在唇前，紧张兮兮地说道：“嘘！不要太大声，不是必要的情况下我不想跟他继续有瓜葛。”

千雪乖乖地点了点头，也不敢多问。

“对了，赏金区最近在忙些什么？”久未见面，古寂突然变成了一个问题少年。

“每个组都有不同的事情吧？我们这个组就是找寻一个叫尸妃的人。”

古寂微微一愣，小心翼翼地问道：“尸妃？是什么人？”

“这个我也不知道，但我看过大巫师画的图像，大概记得她的样子。”

“是怎么样的呢？”

“是一个绝色美人，长得很标致，甚至可以说是完美。”

“是之前偷了幽女地宫宝物那个人吗？”

千雪摇了摇头，却呼出不太确定的语气：“好像不是吧，没有人说过那件事是尸妃干的哦，但我也不知道老大要捉她干什么。”

“好了，我要去找这个区的主子，帮你处理离开赏金区的事情。”古寂点了点头，又拍了拍千雪的肩膀，然后匆匆离去。

很多话卡在喉咙里，千雪还来不及发问，他已经走远了。

在千雪走出来的位置，古寂找到了一个小型电影院，这里看似是休息的地方，但实际是赏金区领头人跟赏金猎人交流的地方，而他们也都只能通过大屏幕跟领头人“见面”。

刚刚踏入电影院门口，一个身材高挑的男生便吸引了古寂的注意力，因为里面只有他一个人，而他也在跟大屏幕里面的背影对话。

“酸雨已经混杂了黑夜流沙，我能够控制酸雨，这种特殊的力量应该很少见吧？你不让我加入赏金区，你一定会后悔的！”

“加入赏金区需要通过严格的考试，你通过考试再来跟我说话吧！”屏幕里的领头目中无人，懒得理会这个男生，或者可以说是害怕他的强大能力会超越自己，所以早早结束交谈。

仔细打量一下，这个男生的灵力很弱，甚至算不上灵力者，但他身上散发着一种奇怪的气息，犹如与生俱来的特质。

古寂大胆踏入电影院，引起了男生的注意。

“你叫什么名字？”古寂问道。

“日凉，你呢？”日凉的态度很冷漠，犹如审问一般谨慎。

“你先回答我的一些问题，我再来审核你有没有资格知道我的名字吧。首先，你为什么要加入赏金区？”

“想救世界，救我喜欢的人。”日凉仿佛有点不忿，所以才正面回答古寂的问题，因为他以为这就是第一重考试。

“为什么你会知道酸雨和黑夜流沙混合了？”

“我是水瓶座，天生跟雨水有一种特别的联系，我可以把部分雨水蒸发，之前混合了黑夜流沙的酸雨大幅度破坏，我和我的女朋友曾经设下封印阵图，但最近我发现阵图被破坏了。”

“哦？连阵图被破坏了都知道，那么我真的该相信你是封印者，但我很遗憾地告诉你，黑夜流沙已经弥漫到人间，你们的阵图只能控制一时的灾难，但隐藏的黑夜流沙正在默默蔓延，已经到了一个不可收拾的地步了。天空暗得越来越早，也就是说，黑夜流沙越来越厚了。”

“你是什么人？”日凉很惊讶，好奇他居然知道得比橘子还要多，难道研究黑夜流沙的人已经遍布人间？

“我是什么人不重要，但我看你是一个好人，而且对对付黑夜流沙有很大的帮助，所以我才提醒你，千万不要踏足赏金区，这里是一个可进不可出的魔鬼巢穴，你真的想救世界就应该加入白清泉。”

“高人，既然你提醒了我，就证明你是想帮我的，那么你救救我的女朋友吧！”虽然凭借那几句话感染力还不够，但日凉清楚地从他身上感受得到一种纯净的灵力，独特且从来没有遇到过强大的灵力！

“把情况说来看看？医生我倒是认识几个的。”

“她……她应该不是得病了。自从设下封印阵图后，她就死了，泡在一个盛着酸雨的浴缸里，我认为她还没死，但浴缸里只有她的身体，却没有灵魂。”

古寂皱了皱眉头，不禁狠心地说道：“你死心吧，你女友的灵魂已经被黑夜流沙侵蚀了，我救不了她。”

“高人！”

古寂举起大手，做了一个“制止”的动作，随手抽起一张纸，用灵气在纸上写了一番话，内容就是关于黑夜流沙的情况。

“如果真的想跟黑夜流沙决一胜负的话，就把这封灵气书交给白清泉，然后加入白清泉。”语毕，古寂连回应的机会也没有留给日凉，突然消失了。

无奈之下，日凉只好拿着灵气书，跟司泽和橘子会合，三人把灵气书带到白清泉基地，大家研究了整晚，却只得出了一个结论——他是非人非鬼非魔非精灵的生物，但他的力量，比这里所有人遇到过的生物都要强。

第五章

女王的危险宠物

1.

就是在那一眼，那一瞬间，叶惠居然从一个正常人变成了一个精神病患者，时而激动，时而冷静，就像是被分裂出来的人格在痛苦地挣扎着一样。

她痛苦的时候会抱着头，嘴巴总是在喃喃一些混乱得令人听不懂的话语。面对这样的情况，小桃不敢轻易离开，也不敢告诉古寂，于是尝试用自己的方法解决。小桃给叶惠打了镇定剂，随后她就冷静下来，但药力失效后，当她再次想起猫妖的尸体时，头总会不自觉地痛。

到底是同情心太强，还是触及了一些不能触及的回忆呢？小桃比较相信是后者。叶惠说她把在这个城市之前的回忆都忘记了，除了遇到意外，还有就是很可能患了强迫性失忆症。

小桃到邻居家四处访查，发现叶惠的情绪一向很稳定，只是话比较少而已，而且在家里也找不到医疗记录。

叶惠终于用自己的毅力冷静下来，但她依旧坐立不安，总是得四处游荡。

外面下着大雨，雷电在天空闪过，近得犹如要劈在屋顶上一样。发生猫妖之事以后，叶惠变得对声音特别敏感，光是一个雷电，就把她吸引出去了。

小桃一见叶惠冲动的举止，立刻追出去，拉住已经打开门的叶惠的手。

“伯母，不要出去了，外面很大雨呢！”

“小桃，怎么这雨怪怪的？好像比瘴气还要恐怖，它是不是对人体有害的？”叶惠的话再次让小桃感到震惊，一个普通人类居然看得出酸雨被黑夜流沙围绕了？

“小桃，告诉我，不要瞒着我！”只见小桃在沉思，叶惠便心急地摇晃她的手臂。

无奈之下，小桃不得不点了点头，说道：“没错，这种雨的确对人体有害，有可能会渗入人的体内，不止是人，或许是所有生物，它会腐蚀内脏。”

叶惠一听，居然想也没想便冲出屋子，小桃一时反应不及，没有捉住她的手。

担忧之下，小桃停下了脚步，她竟然想自私地观察一次，看看黑夜流沙对叶惠会造成什么影响。

在昏暗的夜里，叶惠的身上竟然有一层淡淡的光芒，暗弱得很难察觉，却有一种独特的气息。小桃并不是没有遇到过这样的人，叶惠身上散发的气息可以说跟古寂的很相似，只是强度较弱而已。

那种淡淡的光芒像保护层一样，让掉下来的雨水在保护层上蒸发掉了，根本无法触及叶惠的身体。

叶惠也察觉到这一点，脸上竟然露出痛苦不堪的表情，崩溃地跪倒在地上，又开始说一些低声得令人听不清楚的话了。

见状，小桃突然想到一个方法，一个残酷而卑鄙的方法。

小桃跑到叶惠面前，用怒吼的声音展示自己的势力：“够了！自怨自艾没有用的，如果你真的这么内疚，不如做一件好事来平复自己的心理吧！”

叶惠突然镇静下来，惊讶地望向小桃。

“你也看得出来这雨对人体有伤害吧？你想不想制止这种雨？”小桃指着天空严厉地问道。

叶惠望了望天空，突然激动地点了点头，“想！”

因为这一句，小桃毫不犹豫地把叶惠带到另一个城市去。她决定了的事情，从来都不会后悔，哪怕那可能是错的。

来到另一个城市，雨势依旧没有减弱，现已是夜深，加上下着大雨，所以街上一个人都没有，甚至连街灯都快要被黑夜笼罩了。叶惠仿佛察觉得到，自从进入这条路之后，天空就变得更暗了。

小桃大胆地在叶惠面前把藏在地底的九宫阵图升了起来。

九宫阵图里面明显缺少了两大宝物，连叶惠也看得出这个问题：“难道是因为这两个缺口，天空才会变成这样？”

“没错，缺口里面一个是魔界血花王族的血花，一个是魔界九宫王族的蝙蝠，你能够填补吗？”

“填补？怎么填补？”叶惠皱起了眉头，呆呆地看着阵图。

“用你的气息，你独特的灵气。”

提示一出，叶惠身上的保护层居然集中在手指上，她不自觉地走到阵图面前，用手指画上一朵血花。

虽然叶惠看起来只是一个凡人，但她居然可以把血花描绘出来，而且栩栩如生。

小桃在旁一直不敢打搅，静静观察着阵图和天空的变化。当蝙蝠也被画在格子里面的时候，淡淡的灵气却变成了两处闪亮的光芒，九大宝物直照天空，犹如极光，却一闪即过。

刺眼的光芒过后，当小桃再次睁开眼睛时，九宫阵图已经再次躲进地底了。大雨迅速停下，乌云也逐渐散开，弯弯的月亮重现人间，却带着一道不怀好意的笑容，仿佛有不祥的预感。

叶惠惊讶地看着天空的变化，残酷的回忆却更鲜明地刺进大脑，叶惠猛地捂住脑袋，突然呼出一句清晰的问题：“我是谁？”

“伯母！”小桃跑上前，欲扶着叶惠，却被她狠狠推开了，那潜在的灵力爆发出来，把小桃的内脏都震伤了！

见状，小桃知道情况不妙，不得不把事情告诉古寂。

古寂一听，在电话里教小桃给叶惠一个温暖的拥抱，然后像催眠一样重复说着："你是叶惠，你是普通人，你是一个家庭主妇……"

果然，重复几次之后，叶惠的情绪慢慢平静下来了……

2.

叶惠到底是什么人呢？小桃心里不禁再次泛起了这样的好奇。古寂疑似是纯吸血鬼，难道叶惠也是？不，不可能的，吸血鬼身上怎么可能散发如此纯洁的灵气？

古寂让他们回家等待，第二天早上，小桃便带着叶惠坐上了长途汽车。

直到坐在车子里，小桃都觉得有一双不怀好意的目光在监视着她们。因为不安，小桃让叶惠在车里等待，自己以买水的借口下了车。

奇怪的是，那种不怀好意的目光竟然没有再跟踪小桃，让她开始怀疑对方的目的可能是叶惠，又或者是车里面某个人。

小桃又上了车，长途大巴开往叶惠居住的城市，线路却跟之前有点不一样。长途巴士穿进一条新开发的高速公路里面，这里像是还没有开始启用，两旁还有铺路的痕迹，而四车道上却只有这一台汽车在行驶。

发现这一点的古怪，小桃再次感受到车子里的气息，淡淡的妖气从宁静中散发出来，却混杂着纯洁的灵气。之前小桃没有发现，车子里的敌人看来不止一个，或许有好几个，甚至载满了车子。

小桃随身携带的小工具可不少，其中还有一支装着迷药的假烟。小桃把假烟点燃了，然后向叶惠做了一个屏蔽呼吸的手势，让她别吸上迷烟，然后再向外吹。

迷烟一吹，周围的几个乘客立刻下意识地屏蔽了呼吸，其中一个还捂着口鼻，向小桃礼貌地说道：“小姐，车厢里面不能吸烟的哦！”

小桃勾起讽刺的微笑，懒懒道：“吸一口烟有必要弄得这么夸张吗？不是屏蔽呼吸就是捂着口鼻。再说，车厢里面不许吸烟，难道就可以携带武器吗？”

小桃最后的目光落在左上方的男子的行李包里。

“小姐，我带的可是普通行李哦，不信你看看！”男子提起行李包，走到小桃面前。

拉链一开，男子伸手进去，突然一阵闪耀的波光划过小桃的视线，锋利的匕首直直刺向小桃的脸颊！

少女料到了这一点，锁链早已准备就绪，在匕首快要刺到小桃脸颊时，锁链已经把男子的手腕捆绑了，狠狠一拉，顿时把他的骨头扭断了！

第一个敌人失败，其他同伴立刻起立，原形毕露，妖怪、灵力者、精灵等各色各样都聚集在车子里！

小桃没有逃避的意思，眼见全车都是敌人，而汽车又是密封的，索性散播毒气，用气体削弱他们的实力！

较弱的敌人不慎吸入毒气，但它对警觉性较高的敌人根本起不了什么作用。

小桃的锁链从左到右扫过来，因为空间狭窄，他们躲避不及，打伤了一排敌人。他们立刻动身，欲向小桃攻击，锁链上的剧毒却迅速起效，把他们受伤的肌肉腐蚀，让他们痛不欲生。

小桃趁机打破玻璃窗，首先让叶惠逃出去。

突然，一只宛如丧尸般冰冷的手捉住小桃的手腕，用力把她扯回来！面对这种讨厌的温度，小桃不禁忿然作色，一手把他扯过来，二话不说，居然埋头在他的脖子上咬了一口！

为免吸入肮脏的血液，小桃立刻松开了，但光是这一个攻击，已经让对方变得浑身无力。

小桃跳出车子，带着叶惠逃出几步，却又转过身来，面对巴士。

当小桃打算把整台巴士毁掉时，只见巴士居然开走了！心知情况不妙，小桃立刻追上去，可是才跑几步，巴士又突然停下来了。

惊讶之际，一个高挑的身影突然从前门走下来，他走远几米，就用手指划出一个结界，包围了巴士，然后“哄”的一声，巴士顿时爆破在结界里面！

“寂?”当男子缓缓走近，叶惠不禁惊讶地喃喃一句，然后下意识拔腿跑向他！

古寂抱着叶惠的肩膀，低声安慰了一句，然后望向小桃，二话不说便责备道：“你有什么事就直接来找我，以后不要再找我妈麻烦，她只是一个普通人类，经不起这些风浪的！”

见状，叶惠立刻急了起来：“寂，别这么说，有一只猫妖在花园埋伏我，幸好小桃来找我，才救了我的。”

“这么巧?”古寂先是吐出疑惑的一句，随后立刻附和母亲的想法，把小桃虚构成一个好人。

把母亲送回家，一路上，古寂都十分谨慎，不断留意有没有被跟踪。

直到看着母亲安然入睡，古寂绷紧的神经才稍微放松下来。小桃早知道古寂要找自己质问，于是静静坐在房间里等待他的出现。

当古寂走进小桃的房间，第一时间关上木门，连灯都没有开，凭借气息走到她面前，二话不说便责问道：“什么猫妖?给我解释一下。”

“你已经猜到了，又何必问我呢。”小桃故作镇定地回答，但呼吸已经变得急促了。

古寂深深吸了一口气，居然没有追究前事，反而提醒道：“因为你填补了九宫王族的阵图，所以引来了不少敌人。现在赏金区已经下了命令追杀一个叫尸妃的人，派出的杀手高手如云，你不可以再像以前那么乱来了。”

小桃猛地一振，魂魄都像出窍了一样，顿时连话都说不出来。

见状，古寂便更肯定自己的猜测了："刚才那些敌人只是挡箭牌而已，巴士司机才是真正的情报者，他的目的不是要对付你，而是要确定你是不是他们正在找的尸妃。”

答案呼之欲出，惊骇的少女稍微平静下来，冷冷地瞪着古寂，问道："那么你觉得呢？你要找的人是我吗？”

“我相信用黑夜流沙毁了自己的家园，史上最冷血无情的纯吸血鬼公主尸妃，就是你。”

小桃勾唇一笑，讽刺非常，反问道："如果你认为我是尸妃，为什么不捉我去赏金区？”

“我为什么要捉呢？我要找的人并不是尸妃，只是已经脱离了古寂王族的小桃而已。”古寂勾起更讽刺的微笑，淡然道。

“脱离了古寂王族？你未免想得太天真了吧？古寂王族是魔界四大吸血鬼王族之首，神秘莫测，而且杀人不眨眼，他们要捉我的话，我还能活到现在吗？”

“所以你就有这么多人皮面具，而且所有见过你用锁链的人都要死。”

古寂没有直接回答她的问题，反而换了另一个话题："据我所知，古寂王族的吸血鬼是以吸血鬼为食物，所以被称为魔鬼，刚才在车子里看见你咬了那个敌人，我就更肯定你是吸血鬼或者魔鬼，而你平日根本不需要吸血，所以你要不就是纯种吸血鬼，要不就是纯种魔鬼。”

“你了解我这么多，又不让我去研究你的秘密，这样是不是太不公平了呢？”

古寂的笑容突然变得苦涩又勉强，他走到小桃身边，轻轻地将少女搂入怀里，施以温柔却霸道的力度，让小桃没有推开他的余地。

“我不是不想告诉你，但那些事都过去了，我不想提，更加不想打扰妈现在的生活。”

小桃像个小孩子般，气鼓鼓地瞪着他，责问道：“你是在责备我吗?”

“都过去了，我不追究，你也不要生气，好吗?”

“你这是哄女孩的伎俩吗?”

古寂捧起小桃的脸颊，虽然已经看不见她的轮廓，却从不规则的呼吸里感受得到莫名的诱惑：“那么你这是勾引男人的伎俩吗?”

小桃微微一愣，很快又冷静下来，用冰封闭了自己的心，呼出没有感情的语气：“我突然想养一只宠物，一只很聪明的宠物。古寂，不如你来当我的宠物吧!”

古寂有点惊讶，但笑而不答。

小桃歪着头看古寂，缓缓皱起了眉头，突然浮现一个念头：“我不想治你的眼睛了。”

古寂并不惊讶，却泰然自若地问道：“怎么了？害怕我看穿你的真面目吗?”

话音落下，狭窄的空间再次变得一片冷清。小桃没有回答，心跳却偷偷加速了。

面对一个自己驾驭不了的男人，的确令人心寒。

3.

天朗气清，云淡风轻，和暖的太阳照射大地，正是起程的好时候。

既然已经被赏金区发现痕迹，他们就不能待在叶惠家里，连累叶惠。

当古寂以为小桃会换上一张新的人皮面具时，她却大胆地以自己的真面目示人，害古寂不得不加强了防范。

看见紧张兮兮的古寂，小桃不禁偷偷发笑。

见状，古寂终于忍不住，带点孩子气地问道：“为什么要露出真面目？你真的把赏金区的人当小兵小将吗?”

“当然不是了，我也知道赏金区势力庞大，虽然也有弱者，但我也不是不把他们放在眼里的。”小桃回答得很轻松自然。

“那是为什么?”

“因为我现在有了保镖嘛！”小桃漾开一个灿烂的笑容，展露了顽皮少女的一面。

“这么快就可以从宠物升为保镖，这老板也不错嘛！”语毕，古寂竟然大胆地搭着小桃的肩膀，把她搂得紧紧的。

“这么快就嚣张了？看来我太过纵容你了！”小桃抬头望向古寂，笑容却一直没有消失。

越是被反驳，古寂就越是嚣张，竟然在大街上放肆地亲了亲小桃的脸颊。少女欲气鼓鼓地瞪他一眼，却不禁羞答答地低下头，脸颊也莫名地炽热起来。幸好古寂的视线里只看见残影和黑白映像，不然她真的会恨死自己了。

二人时而打骂，时而窃窃私语的画面实在让人看不下去，某人暗中愤怒不禁暴露了自己的气息，可是已经抛开一切的二人根本没有察觉到。

踏入新的城市，天色已晚，他们必须找一间新的旅馆住下来。

不知道是陌生的城市地形就是如此，还是有谁做了手脚，怎么一个繁华的市区里面竟然没有旅馆?

越来越觉得不妥的二人，终于提高了警惕，开始仔细观察这些路段。

慢慢地，小桃开始嗅到一股熟悉的气味，血腥的味道，明明在走近，最后擦身而过，却看不见任何影子。

难道是幻术？二人心里同时浮现了同一个想法，不约而同地对望了一眼。

“这里有魔鬼或者吸血鬼，但我们竟然看不见。”小桃冷静地分析道。

“那肯定是被困在幻术里面了。”古寂在黑夜里认真地感受四周的气息，寻找幻术气息最强的地方。

看着古寂在寻找幻术师，小桃也去捕捉魔鬼或吸血鬼。

突然，小桃以敏锐的身手，徒手钳制了一个看不见的路人，古寂随即察觉到幻术来源，以结界破灭了那个控制幻术的阵图。

一座座建筑物陆续呈现眼前，街上行人极少，小桃捉住的，却是一只无能的吸血鬼。

发现他只是一只吸血鬼时，小桃便放他走了。

古寂紧紧感受着幻术的变动，很快便发现了那个欲逃走的幻术师！古寂猛地在前方画了好几个结界，看似每一个结界都无法把幻术师困住，可是结界却围成一个椭圆形，让幻术师四面没有去路！

见状，幻术师立刻以妖气打破结界，但妖气触及结界之际，一条条闪烁的电流竟然错乱交加，把幻术师电得半死不活！古寂察觉得到这次敌人的威力不小，于是加重了灵力，甚至首次暴露了自己的绝技。

一个灵力者居然能够释放电流？小桃再次被古寂奇妙的力量给震惊了。

眼看幻术师已经昏迷，真正控制的幕后黑手竟然大胆地出现在二人面前。

“夜洛珈？”小桃一眼就看出远处正在走近的男子就是赏金区重要成员夜洛珈。

难道他的任务也是追杀尸妃？二人又对望了一眼，宛如心有灵犀的样子。

夜洛珈恨透了他们的默契，恨透了他们无形的亲密，不禁上前捉住小桃的纤手，狠狠地把她从古寂身边拉开！

古寂愤然走上前，欲阻止之际，小桃却做了一个手势，让古寂别插手此事。

稍微跟古寂保持了距离，夜洛珈便迫不及待地追问："他到底是谁？为什么你们整天黏在一起？"

小桃抱着双手，一脸不耐烦地反问道："夜洛珈，你到底怎么样才肯放过我呀？像狗仔队一样跟踪我，你不觉得烦我还觉得很不舒服呢！"

"小桃……你怎么可以这样说？我只是担心你嘛！"

"我有什么好值得你担心的？"话音一出，小桃的脑海中便浮现了重点问题，"对了，你最近的任务是什么啊？"

夜洛珈微微一愣，抿住双唇，却不敢轻易透露。

"说爱我，原来只是能说不能做！"小桃懒懒地丢下一句，愤然转身。

见状，夜洛珈立刻拉住她的纤手，把她的身体都别过来，不禁焦急地脱口而出："我说！我说！其实……其实我只是在捉一只吸血鬼而已。"

"什么吸血鬼逼得你们赏金区如此烦恼啊？还要用幻术来埋伏我，难道你想捉的人是我？"小桃眉头轻皱，故意挑逗道。

"不！不！当然不是你了，只是一只属于古寂王族的魔鬼，一种比较特别的吸血鬼而已，只要得到她的其中一个内脏，我都算是完成任务了。"

"魔鬼？"小桃讽刺一笑，竟然把夜洛珈的手游移到自己心脏面前，差三四厘米就要贴在胸膛了，"那么或许你们要找的人真的是我，因为我也是魔鬼，把我的心脏掏出来吧，你最拿手的！"

如果不是小桃如此坦然又满不在乎的话语，夜洛珈根本不敢相信小桃是魔鬼，但现在巴士司机在死前留下的情报已经被证实，小桃真的有可能是赏金区要捉的人。

虽然如此，但夜洛珈又怎么忍心夺取小桃的心脏，他慌忙失措地把手收回来，拼命摇头："不！我不要你的心脏！我不要你死！"

小桃在心里窃笑，脸上却冷漠如霜。小桃沉思了一下，再呼出令人迷惑的温柔："既然赏金区怀疑我是尸妃，又安排了你来跟踪我，如果这样中途丢失，你一定会死得很惨的，把那个巫师的心脏抽出来，拿回去交功课吧，如果我没有猜错，那个巫师也是魔鬼。"

"小桃，你在担心我？"

小桃故意别过脸去，冷冷道："我只是想下次遇到赏金区时有一个靠山而已。"

话音一落，小桃立刻走向被困的巫师。

走到结界面前，只见古寂还没有解开它，小桃便带着愤怒的命令道："解开结界，我不想破坏你的结界，然后把他炸得尸骨全无。"

听小桃这样一说，古寂便发现小桃有把巫师置之死地的决心。古寂也知道，如果巫师不死，很可能会给小桃带来更严重的后果，他要切断赏金区对小桃的追踪线索，于是不得不狠心地解开结界。

虽然夜洛珈可以把人体的心脏隔着皮肤抽出来，但小桃还是执著地割开了巫师的身体，用纤手把心脏挖了出来！

燃烧的眼神里，小桃努力隐藏着恨之入骨的愤怒，古寂却把她的怨恨看得一清二楚。

小桃把巫师的心脏交给夜洛珈，冷冷地命令道："走吧，没事不要再烦我！"

"小桃！"看见小桃的不耐烦与坚决，夜洛珈不想让她加倍生气，只能留下最后的愿望，"小桃，我跟踪了你们一天，我发现那家伙是个瞎子，你知道吗？"

“我知道。”小桃很冷静，淡定得令人加倍不忿。

“知道你还跟他一起？一个瞎子有什么好的？你喜欢他什么？”

“我的心容不下任何人，包括你。”小桃冷酷的瞳孔微微向上转，不屑地瞪着夜洛珈。

“我不相信！如果你不是对那瞎子有感觉，为什么要被他占便宜？以前在一起的时候，你不会让我碰一下。”

小桃勾唇一笑，讽刺地喃喃道：“因为他有利用价值啊！他的价值可比你高多了！”

语毕，小桃冷冷地走开，当夜洛珈不忿地欲追上前时，却发现小桃竟然又在不知不觉之时建立了结界，把自己封闭了！

她又逃跑了，在短短几秒内。

古寂绷紧了不太满意的表情，也随着小桃的身影消失了。

4.

牺牲一个灵力者的性命，才把九宫阵图建立起来，可见九宫阵图的威力，但如今九宫阵图居然被发现并被盗取，盗取后却又被一股纯洁神圣的灵气填补了缺口，犹如女娲补天的强大力量来自何人之手？当初除了日凉之外，知道这个九宫阵图秘密的人都已经死了，为什么古寂居然会知道这个九宫阵图的事情？

白清泉不得不怀疑，盗图和填补的人也是古寂，以他给日凉和白清泉的提示看来，他并不是坏人，而且有心帮助消灭人间的黑夜流沙。

一波未平，一波又起，才刚刚跟夜洛珈分开，还不确定是否完全割断了赏金区的追踪线索，如今白清泉的成员又暴露了行踪，默默在找寻当初给日凉灵气书的古寂。

本是漫无目的的流浪，但古寂找到了一个目标，来到一个叫云木族的精灵族。

这里是一个庞大的植物园林，种满了各色各样的植物，但同时也是一个令人视觉错乱的迷宫。然而古寂却对这个迷宫的路了如指掌，小桃还在努力认路并分析应该走哪一条路线时，古寂已经带着她走进迷宫深处，也就是云木精灵族的住处。

从住处远远看过来，一个年约十三岁的女孩看见两位客人，立刻掉头跑进某间屋子里。

古寂让小桃停下脚步，就站在原地。当小桃以为要提高警觉时，一个满面笑容的少女跟着女孩跑出来，一见古寂，竟然兴奋得扑倒在他的怀里！

“古寂哥哥，姬儿好想你啊！最近都去哪了？怎么你都没来看姬儿呢？是不是一直待在千雪姐姐那里呀？”说到后面，少女的嘴巴就扁起来了。

“哈哈！姬儿不是长大了吗，为什么还像小孩子一样爱吃醋呀？”

“谁叫人家隔了这么久还是那么喜欢你呢！”姬儿抱着古寂的手臂，像蜜糖一样黏得紧紧的，完全把另一旁的小桃当成隐形人。

本来姬儿娇滴滴的声音已经叫人起鸡皮疙瘩了，现在还要看着她发春的样子，小桃实在忍不住绷紧了脸颊。

古寂心知如此下去，又要惹怒“主人”了，于是轻轻推开姬儿，再道：“姬儿，你们这里是不是有一种整棵都是红色的大树啊？”

“嗯，有啊！”

“带我去。”

姬儿点了点头，带着喜溢眉梢的快乐跟古寂走到那种树的种植处。

古寂没有说话，也没有给姬儿提示，只是认真地在树前写了一封灵气书，挂在树上。

“有些树木可结合可释放，它们之间的关联是什么？生存意义又是什么？是什么东西把它们形成的？他们的核心又藏着什么秘密，为什么会变得如此独特?"姬儿读了灵气书的内容，再问道，"古寂哥哥，这是什么意思啊?"

"不过多久，相信就会有人找到这里了，如果有人问灵气书是谁写的，你说是一个过路人，他们不会为难你的。姬儿，这件事就拜托你了，我现在被人跟踪，要赶快离开这里了。"语毕，古寂便狠心地离开了依依不舍的姬儿。

"又一个红颜知己，你真是到处留情啊!"小桃终于打破沉默，但一听就是讽刺的话语。

"这是千雪的故乡。"

小桃没有计较他的情史，只是突然改变了想法："古寂，我帮你治好眼睛，但你必须告诉我，眼睛是怎么受伤的，我要到你受伤的地方取材。"

"为什么突然又要帮我?"

"因为你刚才那封灵气书。"

"哦? 你看明白了?"

小桃犹豫了一下，还是决定坦白说出心里的见解："你指的树，应该是血树吧? 据我所知，人间有三棵血树，第一棵在一间学校里面，第二棵在一间超市里面，而第三棵正是在上次我偷九宫阵图宝物的附近。这三棵血树的来因都是跟三大吸血鬼王族的公主有关，而血树的形成又是跟黑夜流沙有着割不掉的关系，所以我猜白清泉认为你可以对抗黑夜流沙，所以才追踪你。"

"那么你帮我治疗的原因，就是希望我能够对付黑夜流沙? 看来你也挺在乎黑夜流沙对人间的威胁嘛!"

"别自作聪明! 在六界之中，人间最为清净，我只不过不想被其他东西打扰而已。"

古寂没有反驳下去，只是发出一个笨拙的问题："那么我的利用价值是不是因为我比较了解黑夜流沙?”

她勾起诡异的嘴角，笑而不答，令人更加紊乱不安。

古寂没有立刻说出自己受伤的原因，只是默不作声地来到了魔界。魔界被多次破坏，已经出现了一个严重的缺口，如今只是被某些无形的结界在秘密支撑着。

走进一个残酷的炼狱，小桃越来越不安，双手不由自主地摩擦着冰冷的身躯，心理已经到了恐惧的边缘。

是的，她是一个冷血而勇敢的人，但同时也是一个敏感的人。面对这个熟悉的地方，小桃还是忍不住表现了她对此地的复杂感情。

古寂王族，魔界四大吸血鬼之首，以吞食吸血鬼为生，在严重的灾难到来的时候，许多魔鬼还在享受自己的晚餐，却没想到月亮被黑夜突然掩盖了，骤不及防的黑夜，竟然永远侵占了这片土地。

古寂王族的王宫已经是一个不可接近的地方，但小桃很惊讶，为什么古寂敢靠近，而更惊讶的是，王宫的黑夜流沙居然减淡了！地上有许多饿死的王族与仆人的尸体，但这些并不出奇，出奇的是，古寂是怎么样把黑夜流沙清除了的?

从古寂走进皇宫时，小桃便大胆肯定是古寂把黑夜流沙清除的。

在皇宫游荡，小桃突然发现了一幅画在墙上的画。小桃认得，这是国土最喜欢的画家的笔迹，虽然他当时或许已经看不见东西，却还在墙壁上用扭曲的线条记下当时的情况。

在古寂王族被毁灭的时候，国王突然逃走了，当他们对国王十分失望时，国王却把一个世外高人带了回来。那时候天空已经很黑很黑，连灯光都照射不亮，画家听得出高人的声音很清脆悦耳，貌似很年轻，但他却能够把黑夜流沙逐渐清除。在画家知道自己快要死的一刻，他终于看见了淡淡的光芒，却始终看不见高人的脸。

在皇宫里，除了这幅壁画，还有一些蛛丝马迹。古寂居然没有掩饰，也没有阻止小桃继续找寻这些答案。

虽然现在是白天，但古寂王宫上的天空依旧灰暗，仔细一看，天空犹如被雷电劈成两半，中间有一条微细的裂缝，曲折如闪电的痕迹。看见这一点，小桃不禁联想起古寂利用电流对付巫师一事。要在身体注入电流，那对普通生物来说应该不靠谱，就算古寂经过魔鬼式训练，吸取了电流精华，也不可能吸取控制雷电。雷是属于天空的一种自然现象，古寂怎么可以把天空劈开，然后从云朵后面更神秘的一层偷取光芒来淡化黑夜流沙呢?

小桃越想越神奇，这是超乎普通生物，甚至超乎自然的一种力量。

综合了这些问题，小桃依旧不敢确定自己没有根据的想法，于是不得不大胆地试探道："你说，什么人才可以把天空劈开，然后把光芒引入充满黑夜流沙的世界里?"

"连吸血鬼都可以出现纯吸血鬼，为什么这种特别的人就不能存在?"古寂笑着回答，一脸不正经，却仿佛含着深意。

小桃沉默了一下，因为想不通而变得焦急，于是怒火更尖锐了，"你为什么要救古寂王族?又为什么叫古寂?你跟古寂王族有很大的渊源吗?"

"我的眼睛是因为一场战斗而受伤的，至于是什么，我不想提，也不可能再去那个地方了，如果你不想帮我，我也不会怪你的。"

"你这是自暴自弃，还是计谋?"

古寂无奈一笑，摇了摇头："小桃，不要把我想得那么坏。有些问题我或许回答不了你，但刚才的问题我还是可以回答的。我救古寂王族的原因，是因为国王幻陌在那场战争里救了只剩下半条命的我，自那以后，我决定重新生活，所以改名为古寂，这也是我要帮幻陌拯救皇宫的原因。"

"所以你就跟幻陌狼狈为奸?"

“他救了我的性命，我救了他的王国，这样能不能叫没拖没欠?”

“如果没拖没欠的话，你们就不会在旅馆暗中见面了!”

古寂再次无奈一笑，摸了摸小桃的脑袋：“如果我要捉你，要害你，又为什么迟迟不出手呢?”

“不要把我当小孩!”小桃一手甩开古寂的大手，气鼓鼓地走开。

第六章

假面的由来

1.

再美丽的皇宫，被如此黑气笼罩，也无法展示它的奢华。地上布满“曾经的尸体”，如今被吸食得只剩下一件件衣服，小桃冷眼扫过这个情景，不禁暗地里弯起一道似是讽刺，又似是苦涩的微笑。

庞大的花园里，鲜花凋谢，只剩已经枯干的残骸，古寂不禁幻想这个皇宫昔日的样子。

“别看了，我们走吧，这里充满了黑夜流沙，待太久不好。”小桃突然吐出命令般的话语，迫不及待地离开。

古寂却没有动身，反而发出奇怪的问题：“我猜这个皇宫之前一定很唯美吧！”

小桃突然停下了脚步，身体同时颤抖了一下。半晌，小桃才迟疑地冷笑一声，讽刺道：“哼！用别人的生命来建造的皇宫，能用唯美去形容吗?”

“你在乎生命吗?”

“你想说什么?”小桃愤然转身，狠狠盯着古寂，把他当敌人看似的。

“放松点，不要这么紧张。”古寂气定神闲地走到小桃面前，用温柔的目光看着她，“我只是想了解你多一点。”

“你不过是一只宠物，不要有超越主人的想法！”

古寂没好气地捉住小桃的纤手，脸色和语气都有点急：“我是认真的，我想知道你的心，这种时候不要跟我唱反调好吗?”

“你想知道我的心，为什么不用你的特殊能力？想知道就偷看吧，我不介意！”小桃依旧一脸不在乎。

“但我介意！”古寂忍不住怒吼一声，眼看小桃微微颤抖了一下，他立刻压抑自己的愤怒，认真地问道，“赏金区为什么还要捉你？只是报仇那么简单吗？”

小桃讽刺一笑，冷冷道：“真聪明啊，这样都能看得出来他们不止想要我的命。夜洛珈，你还记得吧？”

“记得。”

“他有一种特殊能力，是可以隔着皮肉吸走别人的内脏。幻陌想要的，是我的五脏。”

古寂微微一惊，又皱起了眉头，再道：“那么你为什么还要去招惹他？诱惑他不止，还要把自己真性情表露出来，难道你不怕他生气真的来对付你吗？”

“我是故意的，幻陌要我的五脏就应该直接来，不要这样拐弯抹角的，反正我跟他正面对抗也不是第一次了！”

“你终于承认你是尸妃了！为什么你这么狠心？连自己王国都要毁灭？”

小桃皱起了眉头，有点难以置信地盯着他：“为什么你不问一下幻陌，他为什么这么狠心？”

“幻陌要你的五脏干什么？”

“你不知道吗？你该不会连幻陌得到我的五脏就能够令王族复活这件事也不知道吧？”

“不知道，真的。”

“不然你怎么帮他做事？”

“我没有帮他做事，真的。”

“幻陌是我见过最狡猾的狐狸，我不会相信他身边任何一个人！”小桃狠狠甩开古寂的大手。

“但我现在不在他身边，而是在你身边啊!”古寂大喝一声，小桃不禁懦弱地愣在原地了，任由那双大手偷偷环抱自己，消磨她的越来越薄弱的坚强。

他已经惹怒小桃了，不敢再问下去，而且他知道小桃也不会回答，但他没有想过就此放弃，他要知道小桃的心，她的恨，以及面具下真实的她。

在小桃专心治疗古寂的眼睛时，古寂趁机出走，秘密调查“尸妃”的过去。

虽然古寂曾经帮幻陌拯救过古寂王族，但他没有发现，原来在古寂王族里面还有魔鬼生存。

皇宫和古墓是古寂王族里黑夜流沙最薄弱的地方，皇宫被建立了结界，一般魔鬼不能进出，但因为幻陌一直相信鬼神传说，古墓里为了方便祖先行动，所以没有设置结界。一些在黑夜流沙灾难里面幸存的魔鬼通通聚集到这里，有的不用出门，有的负责寻找食物。

传说古寂王族的吸血鬼就是以吞食吸血鬼为生，所以他们对吸血鬼的气息特别敏感，当古寂放肆地靠近他们的巢穴时，好几只魔鬼立刻出来捕猎。

古寂默默把能量注入右手，但他一直没有出手，因为他感受得到在黑暗中还有一股强烈的气息，那是妖气，却比这些三流魔鬼强多了。

当魔鬼的牙齿将要刺进古寂的脖子时，一股强大的压力铺天盖地而来，却没有严重的伤害性，宛如一个警告。

魔鬼们立刻松开束缚，向后退了好几步，再狼狈地跪下来，异口同声地喊了一声“风翼大人”。

古寂愕然侧头，发现了一张俊脸。那忧郁的轮廓与气息，令他印象深刻。

风翼走到古寂面前，仔细地打量着他：“你是吸血鬼？为什么不反抗？看样子你不像弱者。”

古寂无奈一笑，自嘲道：“我是一个很普通的吸血鬼而已。”

风翼没有选择信或不信，再发问：“你来这里干什么？”

“我想知道小桃的过去。”古寂刻意试探风翼，让他联想起更多关于小桃的事情，方便自己窥视风翼的心。

风翼微微一愣，立刻转过身去，刻意回避：“如果她愿意的话为什么不告诉你？如果她不愿意，我也不想说。”

“那么你看见她现在过得这么可怜，又要被你们赏金区追杀，你忍心吗？”

尖锐的话语正刺中了风翼最敏感的回忆，不争气的意识开始懦弱起来，过去的每一幕快乐与悲痛便慢慢地浮现开来了……

尸妃的母亲在她出世第二天便死了。尸妃没有朋友，跟她同龄的风翼逐渐跟她玩在一起。不知道是不是因为尸妃是公主，风翼只是大臣的儿子，风翼的父亲一直不太支持风翼跟尸妃走得太近，后来因为怕父亲唠叨，风翼便偷偷跟尸妃联系。二人可谓青梅竹马，可是谁都没有做出过爱的表示，而尸妃却越长大越神秘。

风翼一直都不知道尸妃拥有如此强大的力量，当她把黑夜流沙引进古寂王族时，一切都已经太迟了，他一直追寻尸妃，其实最大目的并不是想捉她，就像幻陌所说的，他们都只想知道尸妃为什么要背叛王族。

或许，在那一刻，小桃对他已经完全失去了信任，而风翼也对她的所作所为感到惊讶和失望，风翼只想寻求一个原谅小桃的方法，可惜他猜错了，幻陌追求的，并不是只有一个原因那么简单。

光是看这一群饥饿的“难民”，古寂便发现幻陌的阴暗一面。如果他是一个好国王，绝对不会把国民丢在这里，然后带一堆较为出色的将领到一个安全的世界享乐。

2.

古寂从风翼的思念里找到一个桃源仙境，这里离皇宫有一段路程，是他们偷偷约会的地点。

在黑夜流沙的污染下，能够保留如此圣地，的确需要长期维护。这是古寂王族的古墓地带，周围种满了七彩斑斓的鲜花。由此可见，幻陌对待已死的祖先和落难的人民简直是天和地的差别。

鬼神的确存在，但古寂并不相信这些鬼魂都会留在原地保护古寂王族，要是他们真的如此强大，黑夜流沙就不可能入侵王族了。

古寂踏着泥土，看着一个个排列得十分整齐的坟墓。锐利的眼睛随即发现了一个刺眼的名字——尸妃。

为什么要给公主起一个如此可怕的名字？古寂一直不明白，还是尸妃早已死去，小桃根本就不是尸妃呢？

古寂屏蔽了呼吸，一步一沉重，慢慢走到尸妃的坟前。

只要棺材的盖子一开，或许什么都能解释了。反正都来到这里了，他一定要查个清楚！古寂把心一横，伸手揭开棺材，却被结界的妖气伤到了！

但棺材里面的秘密越是神秘，古寂越是想把她神秘的面纱掀开。

这个结界由高等结界师制作，要破解还得需要很多功夫。为了在不破坏棺木的情况下打破结界，古寂不得不动用强大的灵力，但如果在身体损耗过多力量的时候遇到敌人，恐怕就有点麻烦了。

古寂迫不及待地打开棺木，他小心翼翼地从头到尾往下看，里面居然一具尸骨都没有，却隐藏着一个阵图。

阵图显然还没有启用，没有任何力量可言，但里面的内容可是一点都不善良。

阵图里面有十七滴血，由一岁到十七岁，每一格内容都是同一个日期，而内圆圈里面就画了五个容器，盛着蓝色药水，再没有其他东西。

古寂轻轻抚摸阵图，确定阵图没有任何威力，看似是还没有完成的一个阵图。

古寂继续观察棺木的周围，迟疑地发现棺木的泥土旁边有一条缝隙，犹如放在什么东西上面一样。见状，古寂立刻搬起棺材，却发现下面还有一个棺材，难道这个才是尸妃真正的尸体?

想到这里，古寂便迫不及待地把棺木盖子打开，这个棺木居然没有结界，一条保存得完整无缺的女尸却躺在棺木里面！她长得很美，轮廓跟小桃有点相似，但看起来比小桃老了二十多岁，虽然已死，还是风韵犹存。

当古寂正想翻开尸体，看看下面有没有同样的阵图时，中年女人突然睁开了眼睛，古寂不禁愣了一下。

中年女人竟然从棺木里站了起来，尸体本是没有灵魂，她除了脸色苍白之外，一切跟活人没什么区别，而且眼珠会动，也能够说话："你是谁?"

古寂犹豫了一下，决定放肆地试探对方："我是尸妃的男朋友，请问您就是尸妃的母后吗?"

中年女人愕然一愣，天真地问道："尸妃不是跟那个叫风翼的小子一起吗?"

"那是以前的事了。"

中年女人失望地叹了一口气，再道："她离开魔界很久了，我都没有办法守护她了。"

"您已经过世了，为什么还要留在魔界呢? 不去投胎吗?"

"投不了胎，我的命运注定是悲惨的，我只是没想到居然连累了尸妃，她的诅咒时刻跟随着她，我又怎么可能放得下心投胎呢?"

"诅咒? 什么诅咒? 或许我可以帮她的!"

“那是命运的诅咒，你帮不了她。尸妃还没有出生，就被大巫师指为救国之物。为什么用物来形容？你听得出大巫师的意思吗？尸妃不是一个活生生的人，她一出生，就注定成为古寂王族的傀儡，她被养得很健康，国王却没有真心跟她说过一句话。所有知道此事的大臣都明白，尸妃一出生就注定死亡，她的五脏终有一天要用来供奉王族。自我死后，他们居然为一个婴儿建立了坟墓，那个棺木里面有五个瓶子，分别等待着尸妃的五脏。尸妃恨透了她的父王，恨透了这种以吃同类为生的怪物，于是……”中年女人的声音已经有点哽咽了。

“于是她就把黑夜流沙引进来，淹没了自己的王族？”

“她本来只是暗中修炼，只是不想乖乖当一件祭品，但当她发现国王不但放逐魔鬼去吃吸血鬼，还打算统一四族，控制吸血鬼，以确保国民有新鲜的食物时，尸妃终于无法忍受，决定找寻新的生活。”

“那么风翼也不知道她当时的决定吗？”

中年女人摇了摇头，再道：“风翼虽然是大臣的儿子，但他的父亲一直阻止他跟尸妃来往，因为他知道没有好下场，风翼是个天真的孩子，在他的世界里只有对与错，没有更深沉的想法了。他认为国王是对的，不然现在他怎么会帮着幻陌来追杀尸妃？”

“幻陌想要尸妃的五脏？”古寂不禁重复问了一句。

中年女人点了点头。

“没了五脏还能活吗？”

“别人不可以，但尸妃可以。”中年女人淡定的话语掩饰不住内心的无限伤感。

古寂没有力气再追问下去，也没有这个必要。

一直把注意力落在棺木上，古寂却没有发现一个把自己隐藏得很好的跟踪者。

看着古寂远去，中年女人居然从棺木里面走出来，然后把这个假棺木毁掉。她看着这个高高在上的位置，不禁讽刺一笑，喃喃道："哼，一个被遗弃的女人，怎么可能会有这么高尚的待遇?"

中年女人深深吸了一口气，把充溢到眼眶的痛苦压回去，欲撕下人皮面具的一刻，却被突然出现在面前的少年吓了一跳！

"尸妃。"少年冷冷地喊出一个敏感的名字，他明明知道对方最讨厌这个名字了，却偏要这样叫。

中年女人收回纤手，冷冷地瞪着他，却没有说话。

"为什么要装扮成自己的母亲？你跟他是什么关系？你们说了些什么?"

见风翼已经看穿了自己的身份，小桃便撕下人皮面具，以真面目跟风翼相对。小桃暗地里犹豫了一下，她不知道风翼是听见他们的对话然后假装听不见，还是真的不知道他们的对话内容。

但，在风翼下一句话之后，小桃便更怀疑风翼的目的了。

"小桃，不如我们远走高飞吧？我不再跟着幻陌了，你也别再过这样的生活，我们回到从前，过那些轻松快乐的生活好吗?"

小桃沉默了，脑海里浮现的却不是美好的回忆，而是一个个与利益有关的问题。

最后，小桃居然意外地答应了风翼的要求，答应他把最近必须办的事情做好就跟他走。

赏金区和黑夜流沙是有着紧密联系的，而风翼跟赏金区也是有着紧密的联系。其实，那一刻，小桃只是想到这一点而已。

3.

小桃早已是通缉犯，但没想到现在连古寂也踏上这条路了。

回到人间，古寂才迟疑地收到姬儿的信息，自从古寂离开之后，云木族居然被大肆破坏，难道就是为了引出古寂？但他所知道的白清泉并不是如此卑鄙的组织啊！

趁小桃还在制药，古寂立刻前往云木族拯救姬儿等人。

小桃明明知道，却把他释放了，虽然没有决定就这样把他放走。

云木族里正在盛开的植物逐一被破坏，唯美的村落变成了一幅西风残照。

红树上的灵气书竟然被赏金区发现了，为了引出古寂，赏金区把精灵们全部吊在树上。千雪等不及古寂的救助了，身为云木族的精灵，她不可以眼睁睁看着自己的同伴受苦。

赏金区突然来了一个神秘人，他叫狼染，是一只妖气甚强的妖怪，他突然带领一支队伍前来云木族搞破坏，千雪不知道他的目的，也不知道原来他居然是一个好色之徒！

千雪在夜里冒险释放族人，却被守卫发现，狼染迟疑地发现了这个不在自己管理之下的女子，却一眼便被她纯洁唯美的相貌吸引住了。

狼染虽然好色，但不喜欢硬来，于是跟千雪做了一个交易，如果她愿意当自己的女人，那么他就释放所有族人。

这是唯的一办法，千雪连死的决心都有了，让狼染先放大家走，自己再交给他处理，但狼染看穿了千雪的心，知道这样做的话，她一定会在自己得到她之前自尽，于是坚决要先得到千雪，再放族人走。

千雪埋头思考，欲寻找其他办法时，狼染的长剑却突然飞到树上，把一个精灵的脖子刺穿了！

千雪悲痛地跪倒在地上，犹如一个没有任何抵抗能力的弱者。她没有考虑的余地，只有在狼染要杀第二个族人之前答应他的要求。

千雪是难得一见的大美女，狼染也很重视她，竟然在云木族里面搞了一个隆重的仪式，把这个活生生的“祭品”送到“神”的口里。

精灵们悲痛欲绝，宁死也不愿意看着千雪受委屈，但千雪坚强地含着泪水，在大家面前快步走过，踏入了族长的屋子。

羞答答的表情让狼染加倍兴奋，一把将慢慢走近的千雪拉入怀里，把她吓得尖叫了一声！

强大的抗拒感让千雪在狼染的怀里拼命挣扎，却加强了他的欲望，心急的男子立刻把千雪推倒在床上，猛然凑近——

挣扎的力气越来越薄弱，泪水却不停地滑落。

突然，外面传来敲门的声音，狼染本来懒得跟不识趣的手下发脾气，但他居然放肆地走进来。

狼染微微抬头，愤然望向门外，一张比千雪还要美丽的脸颊突然摄住了狼染的目光！千雪认得这张脸，这正是小桃其中的一张假面，也就是千雪唯一见过的假面！

狼染勾唇一笑，懒得理会小桃的目的，正想把新的猎物也征服时，天空突然响起了震撼的雷电声，狼染还没有反应过来，雷电已经劈在屋顶上，一下子把用砖头堆砌的屋顶也打碎了！

是什么力量居然如此强大？狼染还没有来得及思考，小桃便催促道："大人，你快走吧，那个魔鬼就要来了，他可不是一般的妖怪！"

"我为什么要信你？"狼染担心小桃跟千雪是同党。

"小女子已倾慕大人多时，如果大人不嫌弃，三天之后我会来找大人的。"小桃羞答答地低下头，销魂的眼睛却又忍不住偷望狼染，让他全身都麻痹了！

狼染狼狈地穿上衣服，欲跑上前把小桃带走时，雷电却再次劈下来，这一次竟然劈开了地板，如果狼染走快一点，手就会跟身体分开了。

无奈之下，狼染唯有选择相信小桃的话语，匆忙离开。

待狼染离开后，小桃立刻恢复一副冰冷的表情，转身之际，却看见心急如焚跑过来的古寂。

古寂首先跑到千雪面前，仿佛完全看不见门前的小桃，担忧地把千雪扶起来，追问她的情况。

只见千雪哭得像个泪人，古寂便加倍焦急，不禁愤然回头，把怒火发泄在小桃身上："你是跟踪我来的对吧？我早就到了，只是不可以在赏金区的人面前露面才搞这些诡计，但你早就到了，为什么不救千雪？"

看见古寂的紧张，小桃不禁刻意挑拨："哼，你的红颜知己少一个我就高兴一点，我为什么要救她？"

"你——千雪从来没有做过对不起你的事情，你怎么可以害了她一次又一次！"犹如压抑已久的怨恨终于爆发出来，古寂抱着千雪离开的时候，看也没有看小桃一眼，他们现在像极了一对敌人。

古寂协助柳紫赶走了赏金区的其他人，然后立刻把大家一一放下来。看见千雪被救出来，大家却没有十分高兴，仿佛都在担心同一件事。

见状，千雪努力弯起不太自然的微笑，向大家宣布自己没有被狼染玷污。

精灵们天真地相信，但古寂看过她泪流满面的样子，所以不可能相信。趁大家都回去休息，古寂把千雪扶到屋子里，却不肯离开。

"千雪，你老实告诉我，那家伙到底对你做了些什么？"一关上门，古寂便迫不及待地追问了。

敏感的问题立刻让千雪眼眶再次红了起来。

古寂捧起千雪的脸颊，温柔地说道："别怕。"

"古寂……如果我告诉你，你会怎么样？"脆弱之下，得到爱护的千雪却变得贪心起来。

"帮你洗掉他的记忆。"

"如果他夺了我的贞操呢？"

古寂猛地一振，脸色都青了，却依旧能够保持冷静："我会娶你。"

千雪不禁讽刺一笑，"真可惜，他只是强吻了我而已。"

古寂轻轻眯起眼睛，弯起欣然的微笑，却首次向千雪贴近，让她有点惊讶却只能目瞪口呆地愣在原地。古寂的薄唇轻轻贴在千雪唇上，慢慢地吸吮她颤抖的桃唇。尽管古寂的力度十分温柔，却像在释放隐藏不了的电流一样，叫人浑身麻痹，无法动弹。

不知不觉间，古寂却缓缓抽离了亲昵的吻。千雪尴尬地低下头，不知道该怎么面对古寂，心里却泛起莫名的痛楚。或许，她知道古寂只是同情自己而已。

“怎么了？还是很难过吗？”古寂轻轻抚摸千雪的秀发，像哄小孩一样呵护她。

千雪突然明白了古寂的温柔，其实跟以前一样一直没有改变，于是她不得不冲破心里的愧疚，解释道：“我不想以可怜取胜，其实刚才小桃在试图赶走狼染。”

古寂微微一愣，没有再说话了。

4.

古寂不知道白清泉查到什么，但知道赏金区查到什么。云木族已全部搬走了，他们彻底安全了，但秘密已经被赏金区发现。他能保护红树，但未必能保护血树。血树有能力抑制黑夜流沙，同时也可以控制黑夜流沙，黑夜流沙就像一个无比强大却没有意识的武器，万一落在坏人手上，被支配之后定会出现极端的结果。

黑夜中，冷风呼啸，少女站在曾与夜洛珈居住过的荒废的园林里面，等待着一个熟悉的人。

果然，她的魅力还在，不然夜洛珈又怎么会准时出现，而且单枪匹马，没有任何恶意的灵气。

“小桃！”夜洛珈这一次变聪明了，从小桃后面出现，偷偷把她抱紧，哪怕随后就会被推开。

“洛珈……”小桃的语气突然变得温柔起来，而且像以前一样亲昵地呼唤他的名字，“上次……对不起……因为有那个人，我不得不对你冷漠。”

“小桃?”夜洛珈一闻，兴奋若狂，放肆地把小桃的身体别过来，把她埋在自己胸膛上。

没想到温柔的小桃还是把他轻轻推开了，绷起了稍微认真的脸，“洛珈，我有任务在身，在任务结束之前，不可以跟你这样来往。”

“为什么？那是什么任务？小桃你是哪个组织的?”

“别问我。”小桃狠心打断了他的激动，“洛珈，不如我们做一个交易吧！”

“什么交易?”

“我把尸妃的心脏交给你。”

敏感的话语顿时让夜洛珈悲喜交集，一时之间分不清到底该兴奋还是害怕。半晌，他才迟疑地吐出一个可怕的问题：“难道……你是尸妃?”

“你当我是傻子还是当你自己是傻子？一个人没了心脏还能活吗？如果我是尸妃我会给你心脏吗?”

虽然小桃的话有道理，但夜洛珈还是感到不安：“连幻陌都找不到尸妃，你怎么取她的心脏?”

“别问这些无聊的问题，总之我自有办法。”

“那么你的目的是什么?”

“首先，我要知道那个新加入赏金区的狼染是什么人。”

“他……”夜洛珈犹豫了一下，又望了小桃一眼，最后还是败在温柔乡里，“他是一个可以解除任何封印的高手，不知道幻陌从哪里找回来的。”

小桃点了点头，再道：“我的目的就是让你升职！”

“什么?”

“我要铲除那个狼染，我会给他设一个局，然后再把尸妃的心脏交给你，总之你按照我安排的时间，把心脏交给幻陌就行了。”

“你要怎么给他设局？小桃，你该不会是想接近他吧？千万不要，他可是一个大色狼！”

小桃讽刺一笑，懒懒道：“你又不是不了解我，你认为我会轻易让男人占便宜吗？”

夜洛珈知道自己无法劝服小桃，失望地抿了抿唇，却不禁提出贪婪的问题：“小桃，你今天戴着人皮面具吧？这样……能不能让我亲一下？”

“亲一张面具有什么用？”小桃再次弯起讽刺得令人不安的笑容，居然把面具撕了下来。

朦胧的月色下，小桃原来最美丽的脸颊呈现眼前，夜洛珈不禁沉沉醉倒，但当眼睛刚刚闭上，以为终于可以碰到小桃的樱唇时，却吻了一片空气。

睁开眼睛的一刻，小桃再次消失了。

夜洛珈加倍不忿，他决定按照小桃的方法去做，或许只有得到更多的权力，才可能到小桃。

再次消失的小桃却偷偷来到狼染暂住的地方，因为她说过，三天后会出现在他的面前，当狼染思念得心脏快要跳出来的时候，小桃的承诺终于兑现了。

狼染一见小桃，便迫不及待地扑上前，小桃却如风后退，嘟着嘴巴，怯怯地低下头：“狼染大人，你不要这样子啦，被主子发现，他会杀了我的。”

“主子？你的主子是谁？”

“就是那天晚上用雷的人。”

“那么你为什么要救我？”

“我想脱离主子很久了，可是我一直找不到可以打败他的高手，但我现在遇到了，那个人就是你。”

狼染也不是白痴，不会随便为了一个女人冒险，而且还没有确定小桃的话是否真实。

小桃嘟起了嘴巴，可怜兮兮地看着狼染，眼眶都红了起来：“狼染大人，难道你不相信我？不过这样也是应该的。”

“我……我不是这个意思。”狼染顿时被小桃娇滴滴的声音害得浑身发麻，连理智都被淹没了。

小桃从包包里抽出一个容器，容器里面竟然藏着一个肝脏！

“这是……”狼染皱起了眉头。

“听说赏金区想要尸妃的五脏，我主人之前夺取了尸妃的肝脏，我好不容易才偷出来的，我猜主人很快会发现，发现之后我也只有死路一条。”

“那么你还要给我？”

“我相信你！狼染大人，我知道你武功盖世，妖力非凡，我相信你利用这个肝脏获得赏金区老大的喜爱后，会出兵攻打我的主人，然后小女子……小女子愿意永远跟随狼染大人……”当小桃用带着强烈电流的眼睛向狼染眨眼时，他的理智也彻底垮了。

狼染一向十分信任自己，他加入赏金区只是为了挑战更强的人。如果不是小桃，他绝对不会稀罕这种功劳，但这一次的奖赏实在太吸引人了，狼染根本没有理由拒绝。

接过尸妃的肝脏，狼染回到赏金区，直接进入幻陌的巢穴。

在幻陌面前，狼染还是压抑着自己的傲气，因为他没有彻底了解清楚幻陌的实力，而且日后也有事求助于他。

幻陌想都没想到，获取血树消息失败的狼染，却换来了一件更珍贵的宝物。幻陌立刻赏赐狼染多件宝物，然后便心急地把大巫师传进来。

大巫师确认了这是一个非同凡响的魔鬼肝脏，却还不能确定是否属于尸妃，所以一定要回古寂王族，利用阵图辨认。

紧张的幻陌亲自跟大巫师回到古寂王族的古墓，但当他们把肝脏植入阵图时，肝脏却令大巫师花尽心机制造的阵图爆破，而肝脏也同时爆炸，释放了大量毒气！

大巫师因此重伤，幻陌立刻带他回人间治疗，并在一气之下，狠心杀掉了狼染。

赏金区里面的其他成员未必能够杀掉狼染，但幻陌可以，在无声无息的欺骗下，在狼染以为自己得到更多奖赏的情况下。

当狼染的血浸染了大地时，幻陌却后悔了，因为他是唯一可以解封血树的人。

收到狼染被杀的消息，夜洛珈立刻带着“尸妃的心脏”求见幻陌，学会了冷静的幻陌，一来质疑这个心脏的真实性，二来也不想轻易毁掉自己的得力助手。

当大巫师伤势稍有好转时，幻陌狠心地派夜洛珈前往魔界，让大巫师重新建立阵图，再让夜洛珈亲手把“尸妃的心脏”植入阵图里面。

心脏与阵图融为一体，幻陌在震惊之后勾起了兴奋若狂的笑容，他终于得到了尸妃的第一个五脏了！

与此同时，夜洛珈却感到胆怯不已，小桃到底是什么人？她为什么真的得到了尸妃的心脏？难道她真的是尸妃？不，一个人被挖了心脏又怎么可以继续生存呢，这一切到底该怎么解释？

第七章

支离破碎的预告

1.

尸妃的心脏被割下来了，虽然凭一个心脏不能做些什么，但现在也等于离古寂王族复活更进了一步，而尸妃也缺少了一个内脏，现在她正是极需修养的时候，所以幻陌加大范围找寻尸妃。

幻陌把最大的希望都寄托在夜洛珈身上了，风翼知道夜洛珈跟小桃有来往，甚至看得出夜洛珈对小桃的迷恋，却不明白他为什么会出卖一个自己喜欢的人?

尸妃，一出生就注定是一个嫁给死神的妃子。为什么世界对她如此的不公平? 唯一爱她的母亲，在她出生后第二天就死了，连拯救自己女儿的机会也没有。原来，她一直都过得不好，她的心一直都是残缺不全的，原来一切都只是他想得太天真。幻陌根本不爱她，全世界，除了他之外，根本没有人爱她，但他出卖了尸妃，出卖了自己深爱的人，出卖了一个无助的人。

风翼一直等待一个答案，等待一个原谅尸妃的机会，但当他在古墓里听见的对话时，他才发现，原来需要被原谅的是他自己。他一直认为幻陌是一个干脆的明君，只是为了复兴王族才会如此对待难民，但原来这些都只是风翼为了安慰自己而制造的谎言而已，其实他早就知道，幻陌是一个自私自利、残酷不仁的暴君。

总有一天，他会跟小桃远走高飞，只是现在还不是时候。他明白小桃的顾虑，幻陌一天不除，他们都会过着胆战心惊的日子。

幻陌诡计多端，功力也深不可测，直接对付他并不是明智的选择，但如今最危急的是捕捉尸妃之事。

夜洛珈因为奉上尸妃的心脏而被幻陌加倍看重，如今除大巫师之外，夜洛珈成为了幻陌最信任的人。

本来夜洛珈跟风翼平起平坐，突然荣升到幻陌身边的大臣，跟随风翼已久的魔鬼们都为他感到不忿，他们都害怕风翼就此失去了地位，因为他们都不会甘心听命于一个人类。

同在赏金区最高层的基地，风翼与夜洛珈面对面走过，眼神不再友善，风翼甚至都不愿意再打招呼。

夜洛珈也心知风翼的不忿，却没有打算请求和好，既然他看不开，自己也没必要跟他打招呼。没错，夜洛珈是这么想的，可是风翼居然走到面前，挡住了他的去路，眼露凶光，犹如敌人一样。

风翼一直这样狠狠地盯着他，却没有说话。半晌，夜洛珈实在不想浪费时间，冷冷地问道："风翼，你这是什么意思？嫉妒我得到尸妃的心脏吗？"

"嫉妒？呵呵！"风翼冷冷一笑，飞扬跋扈，"虽然我不知道你是怎么取得尸妃的心脏，但你还能找到尸妃吗？她受伤之后会在哪里疗养你不知道吧？但我知道……得到一个心脏不值得这么嚣张，看我把其他四个内脏都带回来吧！"

夜洛珈猛地一振，脸色惨白，却难以看清他真正的想法。

看着风翼自信满满地走开，夜洛珈的心竟然慌了起来！

难道他真的知道尸妃身在哪里？小桃是不是尸妃？如果小桃的确是尸妃的话，那么她岂不死定了？

不管小桃是不是尸妃，夜洛珈都不可以轻视这种情况，于是他决定跟踪风翼，一来他要确认小桃是不是尸妃，二来他要阻止风翼伤害可能是尸妃的小桃。

没想到风翼居然去了魔界，而且是已经被黑夜流沙侵占的古寂王族。他用妖气护体，可以暂时性隔阻黑夜流沙的入侵，夜洛珈也以这个方式来保护自己。

当风翼走进一个种满罂粟的园林时，他突然加快了速度，让夜洛珈有点措手不及，不得不冒险追上前，尽管也许会暴露自己的存在。

“尸妃！尸妃……”风翼的身影已经消失了，但他的声音却为夜洛珈带来了新的希望！

随着风翼的呼唤，一个朦胧的身影竟然从花丛里走出来，但这里烟雾弥漫，夜洛珈看不清楚少女的样子，但熟悉的长发，优美玲珑又曲线分明的身影却让夜洛珈更相信此人正是小桃。

风翼向小桃伸出大手，然后把她带进更深的迷雾里。

见状，夜洛珈吓得三魂出窍，立刻跑上前，一手捉住“小桃”，喝道：“别跟他走，他是害你的！”

“小桃”猛然转身，用一把充溢着妖气的刀刃刺进夜洛珈的腹部！突然而来的攻击打破了薄弱的灵气层，狠狠穿透了夜洛珈的腹部！他猛地推开这个假小桃，后退了几步，立刻画了一个结界，把风翼和假小桃封锁在内，再转身逃跑！

“风翼大人，为什么不追呢?”一直陪伴风翼的得力助手，为了替风翼铲除夜洛珈才装扮成小桃的样子，但现在见风翼呆滞地愣在原地，居然没有打破薄弱的结界，去追那个根本跑不远的夜洛珈。

“看来……他并不是想杀尸妃。”

“风翼大人，你太仁慈了，就算他现在不害尸妃，也不代表他以后遇到这种情况会救尸妃。”

风翼沉重地点了点头，脑海一片混乱，分不清楚自己这么做到底对不对。

夜洛珈的伤口很深，血液一直在流，导致他没有多余的灵气来给自己建立保护层。虽然凭借坚强的意识回到了赏金区，但他的伤口已经吸入了黑夜流沙。

幻陌一听见夜洛珈受伤，立刻赶来看他，也召集了所有医师给他治疗。

赏金区第一基地里面的高层也纷纷赶来，包括风翼。从夜洛珈身上散发出来淡淡的怪异气息，幻陌凭借这种熟悉的气息肯定他的体内已经吸入了黑夜流沙。

可惜，对于黑夜流沙，医师们都束手无策。

手术过后，幻陌走到夜洛珈面前，似是担忧又似是冷静地问道："洛珈，是谁把你伤成这样的?"

"我猜尸妃受伤后可能会回到自己的家乡治疗，所以我就去了魔界，却遭到突击。"夜洛珈简单地说了受伤的原因，却没有把风翼供出来。

风翼极力压抑着自己的不安，假装若无其事。

幻陌皱起了眉头，沉思了一下，再道："你的身体已经吸入了黑夜流沙，它会在你的体内慢慢扩大，侵蚀你的血管、神经、内脏等。赏金区到现时为止还没有人能够控制黑夜流沙，但你不用气馁，我知道一个人可以。"

"那是……"夜洛珈带着疑惑与期待的目光凝视幻陌。

"是尸妃，她是我见过唯一可以控制黑夜流沙的人。"话音一落，风翼和夜洛珈都微微颤抖了一下。风翼极度后悔没有杀掉夜洛珈，害得现在幻陌有机可乘，居然残忍地利用自己得力助手的生死来引出尸妃。

夜洛珈失望地低下头，语气也沉了下来，"可惜我真的不认识尸妃，主子，现在我就只有等死吗?"

风翼吓得重足而立，没想到夜洛珈居然冒险欺骗幻陌，而且还要装出可怜兮兮的表情，让幻陌加倍信任他。

幻陌抿住双唇，拍了拍夜洛珈的肩膀，只是丢下一句"放心吧，我会处理的"，便转身离去。

大家跟着幻陌走出夜洛珈的房间，走到半路，幻陌却让大家先行离去，把风翼留了下来。

心虚的风翼加倍惊骇，却极力让自己冷静下来，不能露出任何蛛丝马迹。

“你的脸色怎么这么难看啊?”幻陌居然呼出似是关心的问题。

风翼摇了摇头，苦涩一笑：“只是有点不舒服而已。”

幻陌拍了拍风翼的肩膀，丢下一句深不可测的话：“孩子，不要做傻事。”

是风翼还是夜洛珈，哪怕是自己最得力的助手，幻陌还是和对方保持着厚厚的隔阂。风翼知道，幻陌在怀疑伤害夜洛珈的人是他，但风翼猜不透幻陌的真正想法，他除了怀疑自己刺伤夜洛珈之外，还有没有其他想法呢?

2.

自从离开古寂王族之后，风翼便不清楚小桃的行踪了，但他还是知道小桃喜欢逗留的地方在哪里。风翼的心，自小桃出事之后就一直没有安定下来，但他不能够去找小桃，因为那样会中了幻陌的计。

虽说失去了心脏还能够生存，但小桃现在就像一个刚刚做完大手术的病人，虚弱不堪。

魔界、人间，危机四伏，她住在一个危险的地方，却还要冒险打听赏金区的消息。

看着叶惠，小桃突然觉得很讽刺，自己跟古寂弄成现在的地步，为什么她还要来投靠叶惠?

看着自己一天比一天虚弱，叶惠却束手无策，小桃知道叶惠一定会违背自己命令，一定会告诉古寂，但事隔多天，古寂没有来，也就证明了他知道，甚至他不会来。

想到这里，小桃便觉得自己更可笑了。

她这是为什么？为什么要冒险把心脏交给夜洛珈？其实当狼染把假的肝脏带回去时，她就知道幻陌一定会杀狼染，但她为什么还要把自己的心脏掏出来，注入微量的黑夜流沙，让幻陌得到心脏也无法救国？幻陌没有察觉出心脏有问题，这当然是一件好事，但她根本没必要这么做；万一幻陌察觉心脏有问题，那么就会杀了他的得力助手夜洛珈。

要杀一个夜洛珈是多么容易，只要亲近他，她能杀他的机会还多得很，但为什么到了这种时候，被全世界抛弃的她还是放不下尊严？她努力保存这些又有什么用？她不可能再成为谁的人，因为谁也不会把她放在第一位。

她开始回想风翼在古墓时的话，其实，她何尝不想远走高飞，但他们都错过了那个机会，她无法原谅风翼当初的选择，创伤过后，风翼却化作敌人的身份一直追杀她，伤口被一再洒盐，她又怎么能够重新接受风翼？

到底，现在的她是什么？她是一个狠心用黑夜流沙毁灭自己王族的人，现在却又想要彻底清除人间的黑夜流沙。这是赎罪吗？夺取了千万条性命的她内疚不堪了，还是她想保护这些像吸血鬼一样被捕猎的弱者？或者，她只是过分无聊而已。

小桃深深吸了一口气，她不想让自己再沉思下去，越想越累，越思考，人越脆弱。

心脏被掏空了，但忐忑不安的心跳声还是传进了敏感的耳朵。

虽说这是自己的家，不过古寂没有从正门进来，反而爬到二楼，从客房的窗户进来。

坐在客房里面的小桃被吓了一跳，立刻提高防卫，却在昏暗的月亮光芒下发现了一张可恶的俊脸！

没错，他的确很帅，也很吸引人，但这张脸实在讨厌死了。

小桃捂着胸口，愤然站起来，连行李都不拿就离开了。

古寂加快脚步，立刻上前拉住小桃，担忧地低喝道："干什么？你开刀拿出了自己的心脏吧？伤口还没有愈合，力量还没有恢复，你要去哪里？"

"我不想见到你！"

"我管你想不想见到我，但我就是要见你！"古寂霸道地将小桃的身体别过来，虽然在黑夜里看不见她的脸，但还是感觉得到亲切和美丽。

"我在外面偷听了你的思想。"

小桃一闻，愤然抬头，狠狠瞪着古寂："你不是说不喜欢用那种能力吗？说谎！骗子！卑鄙！混蛋！"

"因为我担心你啊！"虽然小桃变得有点孩子气，但古寂没有心情跟她斗嘴，不禁让心里的秘密脱口而出。

小桃猛地一振，伤口发出更强烈的振荡，剧痛不堪，却有莫名的温柔，带着甜味满溢到嘴角。

"如果我不是偷听，我也不知道原来你这么痛苦，最近做了这么多危险的事。笨蛋！一点都不爱惜自己的身体，虽然没了五脏你还能活，但你觉得自己有必要承受这种痛苦吗？"

"我喜欢！关你什么事！"小桃还是欲从古寂手里挣扎，却反而被轻轻地抱住了。

"我什么都知道了，别闹脾气了，好吗？"古寂低头凑近小桃，呼出哀求的话。

小桃扁住双唇，好久也说不出话来。

"坐下来吧，我给你的眼睛上药，治好你的眼睛之后就别再烦我了！"小桃突然冷冷地哼道。

古寂松开怀抱，没有回答，只是乖乖地坐下来。

原来小桃一直把调制好的药物带在身上，看见她的用心良苦，古寂便更为开心。

小桃把特制的药水滴在古寂眼睛里，让他闭上眼睛，大约隔了二十分钟，再让他慢慢地睁开，轻轻地眨着眼睛。

“怎样？清晰了一点吗？这药水有一个星期的疗程，如无意外，视力应该会一天比一天好的。”

古寂第一时间望向小桃，曾经漆黑一片的视线中浮现出一张朦胧却唯美的脸颊，他看得出，这是小桃原来的模样，最美丽的样子。

“原来重新看见世界，也不是想象之中那么坏。”古寂弯起温柔的嘴角，紧紧凝视着小桃。

小桃不禁笑了，似是讽刺，又似是甜蜜。

“看到我之后，第一件想做的事情是什么？”小桃坐在古寂面前，笑容温柔，说话的语气却讽刺无比，“把我交给赏金区吗？”

古寂微微一笑，摇了摇头。

“现在是我最脆弱的时候，你想挖走我的其他四个内脏绝对没问题。”

“我不会把你交给赏金区的。”古寂抱住小桃的肩膀，竟然不羁地将她轻推倒在床上，并呼出可怕的答案，“我要将你据为己有。”

轻轻的吻再次塞住了小桃的嘴巴，莫名的电流窜进喉咙，让人无力反驳。

古寂越是放肆，小桃便越不忿。当时他这样把自己赶走，现在又凭什么要把她据为己有？

想到这里，小桃不禁用力把古寂推开，气鼓鼓地瞪着他，怒喝道：“你不是有千雪了吗？为什么不留在云木族，还回来找我这个坏人干什么？”

古寂没有回答，再次低头：“我想去帮千雪脱离赏金区，但我看见她被人调戏了，却依旧坚强地忍着，不想得罪任何人，为的就是治疗我的病而已。"

小桃用力地抿了抿唇，再带着孩子气的愤怒说道："所以你就更加应该照顾她，爱护她，别再跟我有这种纠缠不清的关系了！"

"那天晚上……我亲了千雪……"

"那你现在把我当什么？你的红颜知己之一吗？像古代一样的三妻四妾吗?"

"当时我想娶千雪……是想帮你赎罪……"

小桃猛地一振，顿时找不到反驳的话说，只觉得心跳突然停止了，心底泛起了不知道是愤怒还是温暖的感觉。

3.

幸好夜洛珈吸入的黑夜流沙不算很多，暂时还没有大量扩散。

现在幻陌主要焦点落在夜洛珈身上，只要他一出门，就会派人跟踪，希望尽快找到尸妃，风翼反而脱离了险境，再次成为自由人。

其实连小桃自己也没想到，夜洛珈居然没有追杀自己，但这些都只是表面，她还是必须深入了解赏金区，而她唯一能够信任的赏金区情报员，或许就只有风翼一个了。

在古寂王族，风翼跟小桃私下约会的地点就是宛如桃源仙境的古墓，而在人间，也有一个相似的古墓，虽然风翼每一次想见小桃的时候都会在这里等候，但小桃从来没有出现过。这一次，风翼还是固执地坚持这么做。

三月的春天，斜风细雨打落在鲜花上，姹紫嫣红的美丽也变得朦胧一片。固执的少年站在风雨之下，脸颊已经冷得惨白无色，眼白通红，却依旧在作无谓的挣扎。

看见这个可怜的人，善良人都会想上前给他一把雨伞，或者一件衣服，可惜她不是一个善良的人，她只懂得绷紧冷漠的脸颊，带着一点都不友善的表情走近。

听见花丛被摩擦的声音，风翼立刻回头，却带着莫名的恐惧。

“我有这么可怕吗？”小桃立刻发出不忿的声音。

“不！不！我真的……真的没想到你会来……我害怕是幻陌。”风翼已经激动得有点结巴了。

“为什么会是幻陌？他怀疑你了？”小桃的神经也十分敏感。

风翼抿了抿唇，虽然不想让小桃担心，但不得不点头，再道：“小桃，对不起，我又做了一件错事。之前夜洛珈把你的心脏带回去，我害怕他会继续对你不利，于是引他到魔界想把他杀了，但后来我发现他没有害你的心，所以把他放走，现在他体内被注入了一点黑夜流沙，幻陌告诉他只有你才可以控制黑夜流沙，其实幻陌是想利用他把你引出来吧。”

“那么你现在终于看清幻陌的真面目了吧？”

风翼点了点头，再道：“对了，你最近怎样？有没有遇到赏金区的人？夜洛珈有找你吗？万一他找你，你一定不要出现啊，知道吗？”

看着风翼憔悴不堪的样子，小桃竟然有点莫名的不安，长久以来的痛苦突然减淡了，却又有一种五味杂陈的感觉。

风翼大胆向小桃靠近一步，弱弱地提出沉重的要求：“小桃，不要斗了，我们离开这里好不好？”

“幻陌一天不死，我就一天没有安宁，如果你就这样走了，我们就只有死路一条，那何必呢？”

“起码我们可以有一段快乐的时光啊！小桃，我以后都不会离你而去了，就算面对幻陌，我也会保护你的！”风翼急得又向前走了一步，双手游移到半空，却始终不敢抱小桃一下。

小桃摇了摇头，呼出淡然却讽刺的话：“你不会跟幻陌作对的。”

风翼青筋尽露，奋然反驳：“我会！再给我一次机会，我会证明给你看，为了你我可以牺牲一切!"

小桃惊讶一愣，不禁呆呆地看着风翼，被那通红的眼睛摄住了理智。

"小桃……"风翼的声音变得有点哀怨，可怜兮兮的。

小桃猛然回神，低下头，抿了抿唇，再道："不对付幻陌也可以，我还有另一个办法，就是彻底清除黑夜流沙。毁了黑夜流沙，就等于脱了幻陌的大牙，就算他有再强大的力量，我也不怕他了。"

"那么我能做些什么?"

"我要杀狼染的原因，是因为他可以解封血树，血树跟黑夜流沙有着很大的关联，我相信幻陌已经调查了更多关于解封黑夜流沙的事情，你帮我看看他知道多少，然后向我通报。"

"嗯!"风翼居然想也没想便点头答应，这干脆利落的确让小桃有点惊讶。

风翼的视线不禁落在小桃的胸口上，但又很快游离了，只是担忧地问道："你的伤口怎样？还痛不痛?"

小桃愤然侧头，不禁咬牙切齿地说道："还好，我现在还没有发现过任何伤口会比你伤我的那时候痛。"

风翼面容微微扭曲了，可惜小桃根本看不见。痛苦不堪的少年终于忍不住张开双手，放肆地将少女搂入怀里，尽管她会突然从背后给他一击，但他已经不在乎了。

小桃浑身神经都绷紧了，整个人呆若木鸡地愣住了，思绪明明在挣扎，身体却无法动弹。

感觉不到小桃的抗拒，风翼竟然加倍放肆，脑袋轻轻埋在少女耳边，一边抚摸她的秀发，一边喃喃道："小桃，我们回到过去吧，回到古墓，回去过我们喜欢的生活。如果你讨厌古寂王族，那么我们就去别的地方，去精灵界吧，那里肯定很美丽很悠闲，我们每天过着平淡无波的日子。如果你担心幻陌的追踪会连累无辜的精灵，那么我们就去灵界，我猜灵界也不是没有办法进入的，我们去灵界，一来可以掩人耳目，二来也有强大的鬼神保护，这样我们就不用再害怕幻陌了。"

"你说的未来都很美好……"小桃闭上眼睛，却翕动苦涩的嘴巴，冷冷地反驳道，"但我看不见前路。"

风翼难过地把小桃抱得更紧，小桃却狠心把他推开，愤然转身，"请你不要再随便给我承诺，我已经被骗了一次，够了，真的够了！"

"对不起！我知道自己承诺过会支持你，会保护你，却在你最脆弱的时候袖手旁观，我知道你恨我，我不求你像以前那样爱我，只要你给我一个赎罪的机会就够了。"风翼越来越哽咽，声调也显得越来越委屈了。

这样一个令人又担忧又怨恨的少年，她不敢再回头多看他一眼，生怕自己会再次输给命运。

4.

赏金区现已查到血树身上，只差解封而已。幻陌冲动杀了狼染，所以解封一事就得交给大巫师，他最信任大巫师，除了大巫师对他忠心耿耿之外，还有他的赫赫功绩。他说过的话都是对的，他做过的决定都会为幻陌带来好结果。

风翼也领教过不少大巫师的招数，他要做的事，除了铲除尸妃之外，没有其他事情是失败的。

如果大巫师真的解封了血树，别说他和小桃无法远走高飞，可能连人间也会被幻陌侵占。

或许在小桃心里面，风翼懦弱而且崇拜幻陌，但他这一次要彻底地给小桃证明自己是可以背叛幻陌的。

大巫师说，尸妃的血液和五脏可以救国，也就是可以控制黑夜流沙，于是想利用尸妃的血和心脏结合起来解封血树。

为什么一定要尸妃的心脏？她是公主，是古寂王族的纯吸血鬼，但古寂王族的纯吸血鬼还有很多啊，包括大巫师也是。

为了更深入研究血树，大巫师脱下长袍，打扮为普通人类，前往第一棵血树的所在地。大巫师身边有好几个保镖，也是古寂王族的忠心守卫。怪只怪他们跟坏人做事，这次也倒霉被安排保护大巫师，于是风翼不得不把他们都铲除了，包括大巫师。

风翼没有蒙面，因为他知道只要自己一出手，大家都会认得出刺客就是他。

赏金区第一基地离学校有两百多公里，来回要在旅馆逗留一夜，趁大巫师晚上选择了旅馆时，风翼便用迷烟先削弱大家的力量。

大巫师对幻术特别敏感，立刻让大家捂着鼻子，然后设下新的幻术，当敌人进来就可以杀他一个措手不及。可惜风翼一直没有进去，让他们都等得不耐烦，而且迷烟越来越浓了，再这样下去，他们就会让敌人得逞，没有力气还击了。

无奈之下，大家唯有保护着大巫师，从三楼的窗户跳出去。

四个保镖首先跳下去做一个人墙，减轻大巫师的冲力，但当大巫师迟疑地探头而出，才发现地面居然布满了利器，他们却一点都没有发现，难道这是幻术？

大巫师来不及阻止，四人已经跳到楼下，被长长的“针床”穿透了五脏六腑。

大巫师发现自己中计，猛然转身，一股龙卷风却突然卷席而来！

懂得使用幻术，绝招也是速度快得像龙卷风的攻击的人，在大巫师认识的人里面只有风翼一个，可惜他根本没有机会说话，已经被势如破竹的力量杀个片甲不留！

当龙卷风缓缓停下来，攻击也逐渐化为烟幕时，大巫师沉沉坠落，瞠目结舌地凝视着不远处的风翼，吐出最后的不甘："为什么……要杀我……"

"因为你的一句话，害尸妃一生痛苦。"风翼极力挤出咬牙切齿的愤怒。

"我不是胡说的……尸妃是克星……别靠近她……她会……害死你的……"大巫师临死之前还在给风翼警告，心软的少年再次泛起痛苦的不忍，但事到如今，他无路可退，只能按照原定计划去做。

又一个雨天，就像被命运之神刻意戏弄一样，他们没有机会观赏这个美景，雨天令大家都闷闷不乐的，四周弥漫着颓然和苍凉的感觉。

小桃再次跟风翼会面，没想到他居然带着一个装着血淋淋内脏的容器和一瓶鲜血来赴约。

小桃惊讶地打量着内脏和血液，淡淡的妖气还没有完全散发开，熟悉的气息令小桃想起了一种讨厌的生物——魔鬼。

"你杀了魔鬼？"小桃第一句话便是敏感的问题，语气略带紧张，突然让风翼觉得自己这么残忍也是值得的。

"嗯，我杀了大巫师。"风翼沉重地点了点头，呼出一句令小桃难以置信的话。

小桃顿时惊骇地愣在原地，真的不知道该给他什么反应。

半晌，小桃才迟疑地回过神来，不禁吐出担忧的话语："你为什么要杀大巫师？幻陌有发现吗？"

"大巫师认为你的内脏和血液能够解封血树，大巫师也是古寂王族的纯吸血鬼，我猜他的内脏和血液也许有用处，就算没用，起码也算是除去了你的心头大患。"

"风翼，你这样很冒险的！幻陌有发现吗？"

"放心吧，我是趁大巫师出门研究血树时杀他的，幻陌不会想到是我做的。或许这些对你有用，拿回去研究吧。"风翼把内脏和血液都交给小桃，然后就依依不舍地转身了。

“风翼！”小桃竟然不禁呼出担忧的呼唤。

风翼猛然回头，目光带着莫名的期待。

“不要回去了，很危险的，先去白清泉躲吧，我想我有办法让他们保护你。”

风翼微微一笑，略感欣慰，却没有答应，摇头道：“不，我还要调查更多关于黑夜流沙的事情，这样我们才可以脱掉幻陌的大牙。”

小桃无奈地抿住双唇，一时之间，却不知道该如何抉择。

大巫师之死，成为了幻陌最愤怒的事情，但他很好地隐藏了这个秘密，没有人敢宣扬开去。

古寂在不知情的情况下，大胆迈进赏金区第一基地。

跟古寂见面时，幻陌还是显得十分冷静，一副若无其事的样子。幻陌呵呵一笑，没有耐性地直言道：“真是稀客啊！古寂，你来找我肯定有事吧？不知道是好消息还是坏消息呢？”

“对于你来说应该没什么影响的。”古寂淡然一笑，语气非常礼貌，“在焦原市的分部有一个叫千雪的女孩是我的朋友，她武功一般，也没什么特长，我想请你把她辞掉。”

幻陌先是愕然地皱了皱眉头，随后又呵呵大笑起来：“古寂，难道她是你的红颜知己？”

古寂刻意害羞一笑，吐出似是而非的回答：“算是，也不算是。”

“没问题，小意思而已。”幻陌点头答应，“我会打电话让那边的分部领头把她放走的。”

古寂向幻陌微微鞠躬，道谢之后便转身离去了。

幻陌盯着逐渐消失的身影，烦躁的心情立刻表现出来，但他还是打了一个电话，让焦原市分部的领头人把千雪放走，但必须在她身上下毒，以留作日后有必要的用途。其实，幻陌也不希望这个千雪有什么用途，因为他的确不想跟古寂成为敌人。

离开了赏金区，古寂一路小心翼翼地观察，感觉一直都没有人跟踪，才敢跟小桃会合。

虽然已经决定奋身对付黑夜流沙，彻底跟他的红颜知己们断绝暧昧关系，但他还是比较担心千雪，不得不到宠物店一看。

来到焦原市已经是晚上九点多了，二人一直谨慎防备，小心赶路，好不容易才来到宠物店。

开门的是柳紫，她一见古寂便忍不住扑上前，天真的泪水立刻飞溅而出！

古寂轻轻抚摸着柳紫的背部，差点迫不及待地发问时，柳紫却抽身，泪眼模糊地看着古寂，哽咽道："古寂，是不是你帮千雪脱离赏金区的？"

古寂点了点头。

"太好了！她受了那么多的苦，终于可以脱离那个鬼地方了！"柳紫先是吐出安慰的话，随后发现了小桃，却不禁指着她大骂，"都是你！要不是你弄那些小诡计，千雪又怎么会进入赏金区？她根本不用受这种苦的！"

小桃的脸上不禁露出一点愧疚的神色，低头逃避。

"好了，那些事情都过去了，我们不要追究了。对了，千雪呢？"

"在里面，我把她叫出来。"

"等等。"古寂拉住柳紫，严谨地喃喃，"收拾包袱，把想要的东西都带走吧，可能不会回来了。"

柳紫失色，立刻追问道："古寂，你得罪坏人了吗？还是千雪得罪了赏金区？我们要被追杀吗？"

"别问了，古寂做事都有他自己的原因。"缓缓走出来的千雪突然讲了一句公道话，但气息明显薄弱，犹如被折磨了很久。

古寂沉重地点了点头，再道：“对，我会在背后暗中送你们去云木族，但我们就先在这里告别吧，我不能再跟你们保持亲密联络了，不然会连累你们的。”

“什么？古寂你要去哪里？怎么不跟我们联络？难道你要一去不回吗？”柳紫激动地抱住古寂的腰，像个不愿分离的小情人。

“古寂，是不是上次云木族的事情带来后患了？让我们帮你吧！”连千雪也失去了理智，走上前抱着古寂的手臂哀求道。

“别问了，总之我要干一件大事，事情完了之后我会跟你们报平安的，但在那之前，你们一定要保护自己，不要多管闲事，知道吗？”古寂轻轻地把她们都搂入怀里，最后的话带着安慰与希望。

小桃冷冷看着这三个人亲密地抱在一起，明明酸涩不安，却只能当一名局外人，就连把他们分开的力气也使不上来。

我终于知道嫉妒是什么，或许我是喜欢这种感觉的，起码这样能够证明我终于有血有肉了。

第八章

寻找复活者

1.

白清泉，神秘而谨慎的组织，他们为了找到古寂，已经在血树上留下痕迹，只要有高深的灵气，看穿隐藏性极高的灵气书，就可以找到白清泉的巢穴。

除了白清泉内部成员之外，他们无人可信，但单凭二人的力量，哪怕是至高无上的神，也未必能够彻底清除黑夜流沙。

路上，小桃又去了那间古怪的大屋，把那对叫夜烽和伊雪熙的情侣一起请到白清泉。原来伊雪熙就是纯吸血鬼王族的公主，他们曾在黑夜流沙逃生，魔界第一波黑夜流沙就是他们引进纯吸血鬼王族的。

来到白清泉，他们主动变成被动，以一名协助者的身份来拜访白清泉。

一见他们拜访，曾经见过夜烽和伊雪熙的成员立刻把他们当做客人招待，司泽、日凉和橘子也出来跟他们见面。

日凉一眼便认出古寂就是当初给他写灵气书的人。

白清泉的首领立刻赶到客厅，递出灵气书，迫不及待地问道："高人，请问你认为现在黑夜流沙已经扩展到一个什么地步?"

"别叫我高人，我只是一个普通的灵力者而已。我叫古寂，她是我的女朋友小桃。"

小桃瞪了他一眼，仿佛在暗示：在这种时候还要趁机占我便宜!

首领连忙点头，大家也把注意力落在古寂身上，等待他的回答。

"其实三棵血树也没有彻底封印黑夜流沙，只是让隐藏起来的黑夜流沙无法迅速扩散而已。我认为黑夜流沙的形成，跟生态环境被破坏有很大关系，现在的世界受污染的程度太深了，黑夜流沙已经发展成一个脱离了天气的个体，我们无法阻止，只有控制。”

“控制?”橘子不禁好奇地问道，“那么我们大规模宣传环保活动，大幅度控制汽车排气、垃圾等，是不是可以控制全球变暖的局面?”

“已经不可能那么做了，一来魔界已经大部分被黑夜流沙占据了，魔界和人间的结界出现了裂缝，黑夜流沙一直在慢慢渗入人间；二来赏金区一直对黑夜流沙虎视眈眈，我猜他们的目的也是想把黑夜流沙变为自己的武器，所以我们的敌人已经变成了两个。”

司泽点了点头，说道：“也对，就算铲除了赏金区，但只要黑夜流沙一天还在，这样的人还是会想尽办法利用黑夜流沙的。”

古寂望了望小桃，少女便聪明地把话接下去：“我之所以把纯吸血鬼王族的公主也请过来，是因为我们都觉得血树对黑夜流沙的影响很大，我想我们可以分析三大血树，包括成因、生长状况、特点、对黑夜流沙的改变，等等。血树是由生物活生生种成的，我想分析他们的能力，看看能不能形成一个控制黑夜流沙，或者至少阻止天空逐渐下沉的封印。”

司泽和橘子对望一眼，橘子不禁大胆地问道：“请问……你们俩到底是哪里的高人?”

古寂淡淡一笑：“我们只是普通的灵力者而已。”

橘子虽然不相信，却没有再问下去。很明显，小桃身上发出的是妖气，一股不易被察觉的妖气，跟自己和伊雪熙的感觉有点相似，但又多了一份特殊的气息，而古寂身上却散发着无比纯洁的灵气，看似很淡，却又深不可测的感觉。

血树为什么会形成呢？当初凉以凡是怎么变成血树的，连夜烽和伊雪熙都不知道，但他们知道凉以凡肯定是以一命换一命来拯救夜烽的，所以说凉以凡可能会有高人暗中帮忙。而凉以凡生前的绝技是食梦，第二棵血树是由玫兰玥和左夏共同形成的，虽然树干像被雷电劈开一样，一分为二，但底部还是连接的，所以就是说，二人的力量很可能已经混合在一起。玫兰玥是纯吸血鬼，生前的能力是辐射光，而橘子也从夜烽口中听说过，左夏的绝技是五芒隐术。第三棵血树是由一位普通的灵力者沐小轩形成的，他虽然没有强大的灵力，但保护范围内一直都没有意外发生，可见其意识十分坚定，而且血树也在日渐成长。

综合三棵血树，能力分别为食梦、辐射光、五芒隐术和意识。表面看来，四种能力也没有什么关联，但大家都没有气馁，继续深入思考。

大家都往他们的力量方向思考，但古寂却往另一个方向思考了。他分析了四个人的关系，左夏是为了玫兰玥而死的，不算在内，其他三个都是跟三位公主有藕断丝连的感情，或许血树只是沾了她们的气，而真正跟血树有关联的是三位公主。

古寂把自己的想法告诉大家，他们都纷纷同意，但橘子却有点担忧："如今夏雨瞳已死，古寂王族一直十分神秘，最有名的就是那个毁灭了古寂王族的尸妃公主，但那个公主连赏金区都捉不到，我们应该去哪里找呢?"话音落下时，橘子的目光不禁偷偷关注了小桃。

古寂犹豫了一下，谨慎地说道："我之前听日凉说过夏雨瞳的事，注入了黑夜流沙的灵魂应该不可能投胎了，现在唯一的希望就是，她的灵魂如果被锁在黑夜流沙的云层里面，或许我可以把碎片组合起来。"

"把碎片组合起来?灵魂都分散了，还能组合吗?"

大家都不禁把惊讶的目光落在古寂身上，包括小桃，她又再一次怀疑古寂到底是一个什么人，怎么他能够做出如此不可能的事?

古寂没有正面回答这个问题，只是说了一句"试试看"。

小桃的好奇与不安，对于眼睛已经接近完全康复的古寂来说太明显了，与其这样猜度下去，不如光明正大地面对过去。

站在与天空最接近的山顶上，他们感觉这里比城市轻松许多，起码少了一份时刻要警惕的紧张。

今夜，风清月皎，难得的好天气，古寂便带着小桃在山顶上看星星。

古寂坐在柔软的草丛上，看着天空，笑着喃喃道："听橘子说，这是白清泉以前的基地，她很喜欢在这里看星星，可是星星一天比一天少了。"

"现在气候如此恶劣，恐怕以后连一颗星星也没有了。"小桃不禁吐出残酷的话。

"小桃……你想知道我的真正身份吗？"

突然而来的问题让小桃有点猝不及防，她从来没有想过古寂居然会说这种话。半晌，小桃才迟疑地回过神来，语带讽刺道："患绝症了吗？以前一直问你都不说，今天怎么突然不打自招了？"

"既然我们都来了白清泉，有了共同目标，我觉得不应该再隐瞒你了，免得你一直在那里猜。"

小桃刻意别过脸去，懒懒道："你爱说就说，不爱说就算了，不要以为我很想知道！"

古寂无奈一笑，紧紧凝视着小桃，却又沉默了。

"怎么不说话了？反悔了吗？"小桃明显迫不及待地想知道结果。

古寂摇了摇头，仿佛努力了很久，才能挤出沙哑的声音："其实……我和母亲之前都住在神界……"

"神……神界？难道你们是神？"连冷静的小桃也不禁惊呼起来！

古寂点了点头，仿佛不愿说下去，但还是简单地喃喃道："嗯，我们是神，但母亲后来犯了一点错，所以被判罪，我为了她跟神界作对，引发了一场战争，我就是在战争中失去视力的。后来我们流落到神界的结界外面，被幻陌所救，所以我安置了母亲之后就帮助他拯救古寂王族。其实我不想提，是因为母亲自从离开神界后就失忆了，所以我也不想再勾起不开心的往事。”

小桃震惊得瞠目结舌，虽然她见多识广，但从来没有想过神居然会降临人间！

不知道过了多久，小桃才迟疑地回过神来，极力挤出讽刺的话：“你告诉我真相，难道不担心我会利用你吗？”

古寂展颜一笑，把小桃搂入怀里，再自信满满地笑说道：“你舍不得！”

2.

夏雨瞳在哪里死的，碎片应该就在附近。

翌日，古寂和小桃偷偷起程了，他们的神秘让人不安，特别是日凉，但当日凉正想赶上他们的步伐时，白清泉首领却阻止了他，白清泉首领认为古寂一定有一些不可告人的秘密，过程并不重要，最重要是夏雨瞳能复活。

二人赶到第三棵血树的地点，古寂竟然把地上的封印浮现起来，却没有释放，只是在阵图上面注入了自己的灵气。

半晌，九宫格阵图居然发射了九道光芒，分别射向不同的地方，看似杂乱无章，但仔细一看，就会发现九个光点连接起来，好像一个水瓶座的标志。

古寂傲然一笑，分析道：“夏雨瞳的灵魂碎片有可能分散在这九个地方，因为她的灵魂无法远离这个阵图和这棵血树。”

“我们虽然知道大概地点在哪儿，但该怎么获得夏雨瞳灵魂的碎片呢？”

“我相信大部分黑夜流沙都藏在云层里，所以夏雨瞳的碎片也就在云层里面。”

“那我们要怎么上天空？”小桃先是脱口而出，随后想起古寂的身份，扁了扁唇沉默了。

“我会带你上去，因为我还要你帮忙呢！”

“切！你是万能的神，我怎么帮忙？”

“我一个人未必能够清除所有云层里的黑夜流沙，无法清除黑夜流沙，也就无法找到夏雨瞳的灵魂碎片。”

看在自己找到台阶下的分儿上，小桃就答应接受这个任务。

现在天朗气清，并不是上天的好时机，古寂一直在等，等待乌云盖顶的一刻。

下午1：21分，就像是象征着水瓶座的第一天，天空开始乌云密布，随后就下起了微微细雨，犹如爱哭的水瓶座，泪水滑落一样。

天空没有打雷的现象，昏暗一片。突然，在小桃一不留神时，天空突然出现一道闪电，犹如极光般滞留在天空上！

小桃还没有反应过来，古寂已经拉着她走进“极光”里面。

突然，一股强烈的磁场把二人猛地向上吸，眨眼之间，小桃居然来到一个被黑暗完全淹没的世界里！

“古寂？”当古寂松开手时，小桃不禁表露了自己的懦弱。

“别怕，我不会走远的。我们首先把黑夜流沙清除吧，但小心不要破坏云层结界和夏雨瞳的灵魂碎片，不然黑夜流沙会大量释放的！”

小桃吞了吞口水，努力让自己镇定下来。她曾经处于这种漆黑不见五指的世界里，当初的她逃走并把黑夜带走，现在不过只是重复一次而已。

大巫师说得对，她的五脏和血液都有独特的作用，她的出生本来就是一个救世主，牺牲自己来拯救全世界。

小桃蹲在云层上，咬破自己的手指，让血液滑落在黑夜之中。小桃从来都不怕痛，可是压抑在心里的悲伤却跟随血液从眼睛里流下来，稀释了的浓浓的血液，逐渐扩散开去。

这是她有生以来第二次哭泣，不为谁，为的是自己的命运，一出生就注定孤独的命运。

这一刻，古寂不禁呆滞在原地，他用绝技极光划破了云层，却无法清除黑夜流沙，而小桃的位置却渐渐恢复光明。他从来没有见过的泪水，像神的源泉一样洗净了这些肮脏的气息。

古寂居然没有第一时间收集那些犹如鱼鳞一样闪闪发光的碎片，反而走到小桃身边，轻轻抱着抽泣的少女："小桃，我在这里，我不会离开你的！"

"大巫师说我一辈子注定孤独，注定是一件祭品……"小桃的声音变得哽咽无比，她还是首次露出如此脆弱的一面。

"大巫师已经死了，死人说的话你还在意吗？"古寂轻轻抽身，大手温柔地抚摸布满泪痕的脸颊。

小桃蓦然回神，立刻提醒道："快去收拾碎片！"

古寂点了点头，立刻站起来，到每个角落去收拾碎片。

周围的八块碎片显然都没有难度，但最后一块碎片却被微弱的黑色气息包围了，看似近在眼前，却怎么样也捉不到。

最后的碎片像有灵性一样，立刻扩散出黑夜流沙来保护自己，眼看敌人发出了攻击，古寂也知道不能在充满黑夜流沙的云层里久留，不得不拉着小桃，从极光回到地面。

在眨眼的那一刹那，他们仿佛看见一张俏丽的脸颊，本来阳光可爱的眼睛却充满忧郁与抗拒，不知道夏雨瞳是害怕这两个陌生人，还是不想复活。

再次回到地面，小桃有点失望："我们没有收集九块碎片，那么夏雨瞳是不是还不能复活啊？"

古寂点了点头，说道："嗯，她好像很抗拒复活，我用了极光要休息一段时间，短期内不能再上去了，不过我们可以先回白清泉，看一下有没有什么变化。”

小桃点了点头，刻意回避古寂的目光，一脸尴尬的样子。

“从刚才的情况来看，我更肯定血树能够控制黑夜流沙，是因为四公主的力量。”

小桃愕然地望向古寂，猜测道：“你意思是向白清泉表露我的身份？”

“暂时不用，先看看夏雨瞳能不能复活再说吧。”古寂紧紧搂着小桃的肩膀承诺道，“放心，就算全世界都知道你是尸妃，我也会舍命保护你的！”

小桃低下头，偷偷会心一笑。

回到白清泉，日凉便迫不及待地追问他们收集灵魂之事，但古寂什么也没说，日凉焦急如焚。

翌日，日凉却兴奋地告诉白清泉里面的每一个人，他梦见夏雨瞳了，自从夏雨瞳死后，第一次梦见她！

古寂和小桃都不禁泛起一阵窃喜，或许，这是灵魂收集的结果。

同样猜测到这个问题的橘子，竟然大胆地拜访小桃。

两个女人面对面坐着，在这宁静的空间里，仿佛谁都可以看穿对方的心。

良久，她们都没有说话，但都心知对方的想法，于是小桃便首先打破沉默，问道：“你找我有事吧，有话就直接说吧。”

“你知道我找你是什么事的。”橘子自信满满地说道。

小桃冷冷一笑，再道：“你想知道的应该不止是一件事，我今天心情好，就回答你一个问题吧。”

橘子不禁无奈地笑了笑，讽刺非常，但没有为此生气，反而冷静地思考问题，选择了其中一个：“你们是不是收集了雨瞳的灵魂？”

“她的碎片有九块，我们只收集到八块，有一块很固执，犹如有思想一样，不肯离开那个位置。”

橘子微微一愣，犹如若有所思的样子：“看来她的意识还在。”

“这样更好，她有可能复活，但是好像很抗拒复活。”

橘子点了点头，吐出自己的想法：“我有点能够理解她，我猜她是害怕自己的复活会伤害到日凉。”

随后，小桃也同意道：“也许，那么现在就只能看他们的缘分了，只有日凉一个人才能把她唤醒。”

“日凉很快乐，他很爱雨瞳，所以她一定能够复活的。”小桃僵硬的笑容突然恢复了生气，不禁感触地喃喃道，“我突然觉得活着就要争取，要珍惜身边的人。”

不知道是不是有一种心心牵连的关系，小桃的话居然触动了橘子。

这一夜，橘子罕见地约司泽晚饭后到山上看星。他已经记不起，她到底多久没有主动要求跟他见面了，或许，是在玫兰玥变成血树之后。

二人走到山上，橘子居然放松地躺在草地上，看着似近若远的星星，嘴角挂着微笑，却没有说话。

司泽躺在草丛上，托着脸颊，欣慰地看着橘子，不禁扬起灿烂的笑容：“今天心情很好吗？”

“怎样？你不喜欢吗？”橘子刻意反驳道。

“你说呢！”司泽也学会了她的嚣张，只是嘴角还是无法掩饰的纯真的笑容。

“我觉得下面很闷，想在大自然中睡去。”

“睡吧，我整晚当你的保镖。”

橘子偷瞄了司泽一眼，笑着命令道：“我才不用保镖呢，睡吧！”

司泽乖乖地躺下来，不敢再打扰已经闭上眼睛的橘子，视线却也无法抽离。看着深爱的女子甜美地躺在自己身边，司泽突然想起了精灵们的占卜，虽然他们经历了许多风风雨雨，现在也还是没有走在一起，但他相信爱是有奇迹的。

奇迹这个东西，突然让司泽的欲望扩展开来。临睡之前，司泽不禁游移到橘子身上，轻轻地在她光洁的额头上印下一吻。

其实他很清楚，橘子根本没有睡着，但她也没有反抗，所以司泽不禁再次呼出傻气的话："橘子，谢谢你……"

在这一刻，"他"被遗忘了，但她是快乐的，这样到底算是自私，还是伟大？

3.

大巫师的死，等于逼幻陌提早出手。虽然他还没有办法好好利用尸妃的心脏，但他不会轻易向杀死大巫师的敌人认输。

幻陌对人间大开杀戒，一边释放了赏金区的所有魔鬼，让饥饿已久的他们尽情享受新鲜美味的食物，一边还派高层把能力薄弱的吸血鬼捉回来供奉魔鬼。

生命遭到威胁，没有靠山的吸血鬼们不得不四处觅食，以吸取活生生的人类血液来增强能力。

面对幻陌的攻势，小桃毫不畏惧，居然发出悬赏，以一百条魔鬼的性命换一个古寂王族大巫师的内脏和血液。

得知这个消息，幻陌依旧很在乎大巫师的内脏和血液，心想说不定也能为他带来一点助力，但幻陌奸诈无比，没有亲自出手，居然派风翼带着一百个假装死尸的魔鬼去领赏，从中试探对方是否是他找寻已久的尸妃。

小桃知道幻陌的诡计，早有准备，伪装成一个非男非女的人，而古寂也没有露面，只在暗中作辅助。

当小桃远远看着走近的风翼，心脏竟然不禁颤抖了一下，顿时苍凉下来。幻陌居然要自己得力助手冒险，那是因为太信任风翼，还是已经不信任风翼，索性拿他当靶子？小桃不解，但现在不是疑惑的时候，她必须全心全意面对这场战争。

一时之间，风翼分不清眼前人是不是小桃，所以只能按照原定计划，把魔鬼们“送”过去。

所谓一手交钱一手交货，这些规矩他们都明白，于是二人也愿意向对方走近。

小桃把两个容器用胶做的手推车送到风翼面前，只见风翼周围没有奇怪的气息，小桃这才大胆地喃喃道：“这些容器上面都有电流的，你假装被电伤，把容器丢在地上，然后发动那些魔鬼起来攻击。”

风翼听得出小桃的声音，也大概猜到她的意思，于是假装捧起容器研究。强烈的电流立刻窜进神经，风翼狠狠地将容器甩在地上，捂住疼痛的手臂，大喊了一句：“是陷阱！”

见状，小桃立刻往回跑，风翼便命令魔鬼们起来捉住小桃！

一百只魔鬼陆续从车子里跳出来，猛地冲向小桃！

正当风翼还在担心小桃一个人怎么对付排山倒海而来的敌人时，天空突然闪出一道强烈的光芒，像刀刃一样划破天空，震撼的雷电突然劈在前排的魔鬼身上！

他们从来没有遇到过如此可怕的攻势，犹如是天神助威一样。雷电刚过，天空突然出现了一个水瓶座的标志，两条线条之间好像形成了一块云层，突然下起倾盆大雨。本来大雨对魔鬼来说只是很普通的自然现象，但这场大雨居然混合了强烈的黑夜流沙，降落时就像针刺一样摩擦着他们的皮肤，受伤的魔鬼已经无力逃避。

小桃并没有轻易放过这些魔鬼，把装满大巫师血液的容器扔向受伤的魔鬼，然后用锁链把半空中的容器捏碎。当容器碎成一片，血液洒落在魔鬼们的身上时，天空的水瓶座标志居然突然下沉！

司泽猛地从黑暗中窜出来，把灵气注入掌心，跳到半空中，像打桩一样把水瓶座阵图狠狠压在魔鬼们的身上！

阵图的力量猛地吸走了受伤的魔鬼们。风翼见敌人势力强大，唯有带着可以逃走的魔鬼先行撤退！

看着敌人逃离，速度最快的司泽欲追上去，小桃却猛地阻挡了他的去路，低声说了一句："别追，他是帮我们的。"

他们目的达到了，他们想要的不是血树，只是为了削弱赏金区力量，铲除魔鬼，给他们一个警戒，以免魔鬼吞噬吸血鬼，吸血鬼吸人血的情况继续蔓延。

事后，小桃一边收拾大巫师的内脏，一边跟大家解释了风翼其实是在赏金区暗中帮助自己的人，但这一次的事件让小桃不禁泛起了更多的忧虑。幻陌派风翼出现，有可能是已经对他产生了怀疑，如今风翼失败而归，幻陌会不会因生气而杀了他？

大家好像没有察觉到小桃的不安，橘子走过来的时候，第一时间便向日凉恭贺道："日凉，你的能力原来这么厉害啊！"

日凉尴尬一笑，语带谦虚道："其实没有古寂，我也不可能发挥这么大的作用。我真好奇，古寂你到底是人类还是精灵啊？怎么可以这么强大？"

古寂淡然一笑，再次模糊带过："灵力者。"

小桃见状，为了不让大家继续追问下去，立刻给古寂解围："现在铲除了几乎七八十个魔鬼，相信可以暂时压住他们的气场了吧，那么我们接下来怎么做才好？"

古寂望向日凉，呼出意味深长的话："我们已经比较肯定血树跟四位公主有关了，现在就得看看日凉怎么做了。"

"怎么做？"日凉一脸惊讶。

"最近夏雨瞳是不是经常给你报梦？"

日凉猛地点了点头。

“那是因为她的灵魂已经被收集了大部分，其实我已经偷偷放在你的床底下了，最后一块没有回归的碎片，代表她不想复活，至于她能不能复活，或许就只能看你了。”

“那个笨蛋！为什么不肯复活？”日凉气鼓鼓地责备一句，脸上却布满了担忧，不禁加快了脚步离开，仿佛想尽早回到白清泉跟夏雨瞳见面。

大家在后面看着这个表面骄傲、内里温柔无比的男子，都不约而同地偷笑了。

在白清泉等人冒着黑夜回白清泉的同时，风翼也带着残兵赶回赏金区第一基地。

幻陌对这件事十分担忧，居然就在大厅等待风翼的归来，看见魔鬼们脸上的担忧与恐惧，幻陌就知道结果是失败了。

“大家别怕，我不会责怪你们的。除了风翼之外，其他人都回去休息吧。”向来笑里藏刀、深不可测的幻陌再次呼出令人不寒而栗的话，让他们都战战兢兢，却又不敢违抗主子的命令。

风翼向幻陌单膝下跪，首先领罪：“主子，风翼办事不力，溃兵而回，请主子处罚风翼吧！”

“起来吧，我都说了不会责怪你们的。”幻陌弯起淡淡的微笑，把眼里的阴森藏得十分完美。

“主子？”风翼愕然抬头，慢慢站起来，心里却布满了担忧和疑虑。

“该说对不起的人是我，其实我早料到是一个陷阱，不过就是想知道主使是不是尸妃。这次辛苦你了，回去休息吧。”

风翼一直凝视着幻陌，却没有从他的表情里发现任何不满，但当风翼转身离去时，他感觉到有一双如刀刃般锐利的眼睛在背后盯着自己，可能随时会给他的心脏刺上一刀！

虽然幻陌对他的态度依旧和蔼可亲，但风翼仿佛彻底看清楚幻陌的诡计。如果他真的像他嘴巴所说那么重视自己的话，明明知道是陷阱，又怎么舍得让爱臣冒险？

风翼恨透了幻陌，但最憎恨的还是自己，为什么当初他竟然笨得去相信幻陌，害小桃现在处于万劫不复的状态？

4.

经过上次的对战，幻陌好像收敛了一点儿，魔鬼们没有再出来觅食，吸血鬼们的情绪也被控制住了。

古寂每用一次绝招，身体都会消耗很大的能量，幸好战斗让世界稍微平静了，他才有机会休息。

如今，为了避免遭到赏金区的陷阱，大家都没有出征，把希望放在日凉身上。虽然没有尸妃，但他们相信三大王族的力量也能够与古寂王族决一死战。

其实，最近夏雨瞳在梦里出现的次数变得越来越少了，而床下的碎片也在一天一天地变少，尽管日凉已经用结界封锁了，它还是会消失得无影无踪。日凉开始怀疑，到底是夏雨瞳已经不爱他了，还是她真的害怕复活？但是，复活又有什么可怕的呢？除了逃避自己，日凉还猜得到夏雨瞳其他的忧虑，只是一直不想面对而已。

眼看夏雨瞳的灵魂碎片一天比一天减少，日凉不得不正视问题，尽管要面对的，是这辈子最严重的伤疤。

日凉带着夏雨瞳的灵魂碎片，再次来到原来居住的城市。其实他从来没有告诉沐家，失踪的沐小轩已经死了，他一直都不愿正视那棵红得像血一样的大树，因为他不愿意相信沐小轩已经离开了。

日凉把夏雨瞳的灵魂碎片放在沐小轩的树根上，犹如一件祭品，而他，就像一个来拜祭的友人，这棵树就是沐小轩的坟墓。

忆起昔日的点点滴滴，曾经平凡得自己没有察觉的幸福，如今却变成了无尽的奢望。思念的泪水从眼眶逐渐滑落，当液体降落树根时，夏雨瞳的灵魂碎片却像泪水一样融化在树根里。日凉顿时色若死灰，虚弱的双手拼命挖着泥土，泪水不停滑落，淹没了视线。他再也看不见夏雨瞳的灵魂碎片了，就连触摸的机会也失去了……

什么叫目断魂销，日凉再一次体验到了。为什么命运如此残酷，誓要他连最后的希望也失去？

日凉不想责怪命运，但他无计可施了。

不知道过了多久，日凉终于站了起来，拖着沉重如山的身体回到白清泉。虽然他已经失去了生存的意义，但薄弱的理智告诉他，其实他还是有利用价值的。拯救世界，也许正是夏雨瞳的理想。

回到白清泉，一个长发飘飘，华容婀娜的女子站在山顶上看着日凉，令脉搏细若悬丝的男子大吃一惊，精神仿佛突然回归了，却并不是兴奋的感觉。

女子静静地看着日凉，眼里露出莫名的哀伤与感激，却百感交集，分不清哪一种感情比较强烈，而日凉却驻足而立，久久未能回神。

半晌，女子忍不住向日凉走近，他才迟疑地回过神来，难以置信地喃喃了一句："熙妍？"

女子努力弯起苦涩不堪的嘴角，摇了摇头，居然呼出奇怪的话语："我不是熙妍，我是雨瞳。"

虚弱的声音让日凉差点听不清楚，但敏感的字眼又让他的神经变得敏锐起来！

"雨瞳？你说你是雨瞳？但怎么……怎么样子是熙妍？"日凉有点搞不懂这个状况，犹如历史重演了一样。

"熙妍死了……她临死之前，把身体让了给我。"夏雨瞳哽咽的声音响起，一如当初爱哭的女孩，却添上了几分沧桑，"她再次遇到山泥倾泻，很巧吧？原来这是命运之神早已安排的结局。熙妍临死之前见过命运之神，是命运之神赋予四大吸血鬼王族的公主的残酷命运，命运之神为自己过去做的事后悔不已，如今无法回头，为了赎罪，只能给尹熙妍最后一个愿望。尹熙妍希望自己死得有价值，希望可以帮助你，于是命运之神告诉了她你最近的烦恼，尹熙妍便在一念之间决定了把自己的身体让给我。你知道吗？站在云层里面，我把世界看得一清二楚，我预知得到熙妍的死，但我无法阻止。古寂和小桃来带走了我的灵魂碎片，我以为只要坚定不复活，熙妍就不会死，但原来一切都是改变不了的。”

骇人听闻的故事，让日凉一时之间反应不过来，只能目瞪口呆地愣在原地。

这是一个多么讽刺的命运，来惩罚他变了心，惩罚他的自私，惩罚他的残酷。

“凉，我们进去吧，我知道你们的状况其实很急的，赏金区随时会发动攻势。”久未见面，夏雨瞳的心居然没有他的存在。

日凉真的无法接受这个冷漠的夏雨瞳，不禁猛地跑上前，突然从后面把她抱紧了。

“凉，不要这样，我对不起小轩，对不起熙妍……”一个比一个残酷的名字响起，日凉的温柔被活活扯开了，没有力气再去抱紧深爱的女子。

命运之神，他到底是一个何等残酷的神？为什么偏要叫人活得生不如死？

夏雨瞳和大家见面，白清泉等人都为此感到十分高兴，犹如看到了希望的曙光，但古寂和小桃却不约而同地对望了一眼，他们记得之前在幻影里面看见的女子不是这样子，如果不是日凉也认为她是夏雨瞳，二人也不会信任这个相貌大大改变了的夏雨瞳。

收起了疑惑，古寂便开始跟大家商量计策：“幻陌最近没有动静，其实这样很奇怪，我跟他有过来往，我认为他不是一个会认输的人，所以我更加担心他正在密谋对付我们。现在夏雨瞳已经复活了，那就是说三大吸血鬼王族全在这里。我问你们一句，有信心带动吸血鬼崛起吗?”

古寂扫了她们一眼，伊雪熙首先说道：“当初我们把黑夜流沙带到纯吸血鬼王族，也就证明了我们是纯吸血鬼王族的敌人了，更何况纯吸血鬼已经消失得无影无踪，相信已经全被黑夜流沙淹没了。”

“没关系，消失了也好，起码不是我们的敌人。”古寂依旧保持乐观，再望向橘子。

“我没有问题，现在血花王族是由夜烽统领的，我相信夜烽也会同意我的做法。”

“太好了！九宫王族呢?”古寂再望向夏雨瞳。

“我没有回过魔界跟九宫王族接触过，但我会努力的。”

“别太担心，古寂王族的魔鬼一直有吞噬吸血鬼的习惯，相信九宫王族也对古寂王族存有恨意。”

“但是古寂王族一向很神秘，我们都不了解古寂王族，也不知道幻陌的实力，更加猜不到当我们战斗的时候，尸妃会不会出现帮助古寂王族。”司泽还是有所担忧。

“这个你们就不用担心，幻陌最强的助手大巫师已经死了，诡计和阵图方面的问题他是少了一块的，而我跟幻陌以前也有过来往，对他的能力算是了解。至于尸妃方面，你们就更加不用担心，她当初选择毁灭自己的王族，也是因为讨厌魔鬼残杀自己的同类，其实她比普通吸血鬼更憎恨幻陌呢！如果你们相信我的话就出发吧，不相信也没关系，可以继续调查。”

话音落下，大家没有任何质疑，带着自信的微笑转身出发。

第九章

大巫师的遗言，悲剧的诞生

1.

当橘子和夏雨瞳凯旋归来时，古寂和白清泉首领便商量了下一个计策。小桃知道幻陌最紧张的是古墓，所以她要去古寂王族破坏尸妃的坟墓，将幻陌引出人间，白清泉、古寂、橘子和夏雨瞳就带兵攻陷赏金区部分已知基地收服魔鬼。

司泽、夜烽和伊雪熙保护着小桃来到古寂王族，小桃让他们都屏蔽了自己的气息，尽量隐藏起来，方便突袭幻陌。

小桃早料到会走到今天这一步，所以把大巫师的内脏保管好，也留下了一瓶大巫师的血液。

既然幻陌早已为自己的女儿建立了坟墓，她就索性把他最信任的大巫师安置在这个坟墓里！

小桃把容器里面的五脏一一分布在阵图各个对应的位置，再用自己和大巫师的血液启动阵图。

异样的五脏和血液引发了激烈的动荡，小桃的身体每一条血管都像被强行撕裂一般，剧痛不堪。而在人间的尸妃的心脏也出现了摇晃，裂痕缓缓从顶部出现，幻陌知道尸妃棺木里的阵图被破坏了，虽知这是一个陷阱，但也不得不赶回去，因为他不可能眼睁睁看着尸妃把自己唯一的把柄破坏，而且这个也许是捉拿尸妃的好机会！

在小桃的身体出现了状况还无法适应的时候，古墓的地面却突然出现了几十个光点，犹如一个网，突然将小桃包围起来！

小桃知道，古墓里面有陷阱，陷阱被启动，也就证明幻陌来到古寂王族了。

小桃拼命挣扎，却没有使出任何妖力。眼看小桃好像挣脱不了束缚，幻陌才缓缓出现。

见状，小桃突然勾起胜利的笑容，然后狠狠地割破了自己的脉搏，血液流到发光的网上，却像硫酸一样融化了光网！

幻陌没有因此感到惊讶，反而露出更兴奋的笑容："尸妃，你终于出现了！"

话音刚落，一阵疾速的风突然从后刺过来，幻陌还来不及赞叹小桃认识了厉害的新同伴时，胸口已经被强大的攻击爆破了！

司泽的攻击竟然把幻陌的身体融化了，他简直不敢相信自己的眼睛，不禁喃喃了一句："幻陌……居然这么弱?"

"这个只是他的影子而已。他很小心谨慎，这么多年，我出生之后他都从来没有用过真身见我。"

待小桃一说，司泽才迟疑地想起刚才幻陌的话，不禁好奇发问："小桃……你是尸妃?"

"嗯。"小桃只是沉重地点了点头，没有多说。

司泽欲继续问下去，一个身影突然从树林里窜出，跑向小桃。

"风翼?"小桃愕然一喊，立刻张望四周，仿佛担心幻陌还在附近，"你怎么跟着幻陌来了？这样很危险的！"

"放心吧！幻陌没有发现。"

"不行，你还是来白清泉吧！我觉得幻陌现在已经不信你了。"

风翼嘴角露出欣慰的微笑，摇头再道："我遗留了一样很重要的东西在赏金区，我还要回去的。这次来是想告诉你，我知道幻陌的真身在哪里了。"

小桃忽然瞪大了眼睛，风翼便自信满满地在她耳边说了几句话。

听完之后，小桃紧紧抿住双唇，点了点头。

风翼握紧了颤抖不已的拳头，不禁呼出好像将要隔世的话："小桃，你现在能不能原谅我了?"

小桃依旧抿住双唇，没有发出任何声音。

见状，风翼依旧保持淡淡的笑容，识趣地转身离去。

小桃没有跟大家解释为什么一直隐藏自己的身份。回到白清泉，她一直闷闷不乐的，尽管古寂带着已经拿下赏金区三个分部的好消息回来。

察觉到小桃的怪异，也发现大家已经知道原来她就是尸妃，待小桃回房间去，古寂便前来慰问了。

古寂把门轻轻关上，在狭窄的房间里跟小桃对坐，凝视着心事重重的少女，问道："小桃，是不是因为被他们发现你是尸妃，所以不高兴了? 还是你跟幻陌见面的时候发生过什么事情?"

"我本来就打算如果真的用得到我的地方，我会表露身份，我担心的不是他们现在相不相信我。"

"那是怎么了? 你回来之后就一直愁眉苦脸的。"

小桃吞了吞口水，望了望古寂，又胆怯地退缩了。

"别担心，告诉我，我会帮你解决的。"

"我现在真的有点后悔，把风翼放走了。"

"怎么啦?"

"他今天跟着幻陌来了，我觉得幻陌最近已经不信任他了，我怕幻陌会对他不利，但他坚持要回赏金区拿一件很重要的东西。"

古寂担忧地走到小桃身边，抱着她的肩膀，说道："风翼能够在幻陌身边待这么久也没出过意外，也就证明他很清楚幻陌的脾气了，别担心，没事的。"

"希望是这样吧。"虽然嘴上这样说，小桃还是无法平静，心里有一种莫名的不安。

翌日，小桃按照风翼昨天在耳边说的时间，来到他们私下约见的老地方，可惜足足等了一个白天，期待的人还是没有出现。

赏金区三个分部被歼灭，幻陌却没有任何反击，白清泉认为这是暴风雨前夕的宁静，这样反而让熟悉幻陌的小桃加倍不安。幻陌向来都是一个有仇必报的人，只不过他的目光放得比较长远。

当人紊乱不安之际，白清泉外巡的成员却突然兴奋地汇报了一个消息——赏金区著名猎人因为出卖赏金区已被幻陌处死，现吊挂在焦原市白云山山顶。

小桃一闻，打破了大家的兴奋，脸色惨白，猛地冲出白清泉！

虽然古寂一路劝告这是幻陌的陷阱，但她还是要清清楚楚地知道风翼现在的安危！

二人连夜赶去焦原市，憔悴多日的小桃竟然不禁偷偷流下了痛贯心膂的泪水，但她一直低着头，仿佛在极力隐藏，所以古寂乖乖地保持沉默，尽管心口隐隐作痛。

2.

“大巫师说过，我会害死身边所有的人，他劝过我别跟风翼在一起，劝过我要接受命运，他说这是我的命运，是没有办法改变的！”

古寂边走边抱紧激动的小桃，却发现自己竟然没有言语可以安慰她。

“为什么我的命运注定是这样子？”小桃愤然抬头，向古寂责问道，“古寂，这个世界是不是有控制命运的神？是不是他把我的命运编写成这样的？”

古寂不禁偷偷颤抖了一下，却假装泰然自若，安慰道：“傻瓜，怎么会有这样的神呢？命运也只是迷信而已，不要相信那个破巫师的话。”

其实小桃也不想相信，一个死人会对自己造成什么伤害，但远远看见一个人吊在山顶上，被狂风吹过，手脚像在飘动，也像是在努力地挣扎。因为这一点点的反应，小桃竟然认为吊在架子上面的人还活着，不禁冲动地跑向前！

"小桃！"古寂猛地拉住小桃的手，喝道，"别过去！一定是陷阱！"

"风翼还活着，我还没有亲口跟他说我原谅他了，他不会死的！我一定要救他！"小桃竟然狠心地用锁链突击古寂，让他的手突然一松，趁机脱离束缚。

冲动的少女不顾一切地跑到山上，奄奄一息的少年却第一时间用力举起右手，一边把手中的东西递给小桃，一边极力喃喃："快走……"

"风翼你撑住，我现在带你走！"

"不要……"风翼坚持呼出薄弱得快要断绝的气息，小桃这才迟疑地发现，绳子下面连着一个炸弹，万一绳子被解开，炸弹就会爆炸。

"小桃……趁我……还能支撑……一会儿……让我看着你……平安回去……"风翼极力把手里的东西递给小桃，少女这才迟疑地关注到风翼苍白掌心里戒指上的钻石格外闪耀。

小桃难以置信地把戒指捧起来的一刻，风翼耗尽力气后终于沉沉下坠。

"不要——"小桃失色，猛地抬头，却再也看不见风翼温柔的眼睛，他的嘴角只是给她留下了最后的微笑，温柔如昔，却再也不会苦苦哀求她的原谅。

她突然想起那些已经被雪藏的过去，小桃说自己很想像普通女孩一样戴一些小饰物，但风翼说不会送她小饰物，要送就送戒指，让小桃等他，他终有一天会说服父亲，然后迎娶小桃。

炽热的眼泪淹没了瞳孔，小桃虚弱地伸出纤手，还来不及捉紧风翼，一个男子突然扑过来，将小桃猛地推开，猝不及防的爆炸随即把风翼炸碎了，震撼的声音还在小桃耳边擦过！

小桃目瞪口呆地看着正在焚烧的位置，一切来得太快了，她根本没有任何心理准备。

一波未平，一波又起。

火焰燃烧到更深入的绳子里，突然又引发了一场爆炸，而且威力比之前的还要强很多！古寂立刻用灵气保护自己和小桃，抵挡了爆炸的强大攻击。

“古寂，没想到居然有女人可以牵住你，把她交给我吧，她会害死你的。”一把阴沉的声音从火焰背后响起，虽然他们看不见人影，但他们都听得很清楚，这是幻陌的声音。

“不好意思，这丫头我要定了！”古寂首次如此无礼地跟幻陌说话，表明了对立的立场。

“呵呵，尸妃，没想到你居然遗传了你母亲那些骗男人的伎俩。”简单的话，却带着无尽的讽刺，犹如发出一些看不见的攻击，针针刺中心脏。

“你可以这样说我，但你不要诬蔑我的母亲！”

“哎呀，真不好意思，我居然忘了你出生第二天就克死了自己的母亲。”

小桃猛地咬着下唇，明明很想冲出重围，却又只能懦弱地躲在保护罩里面。

“不管那个大巫师占到什么，我都不会相信尸妃是克星，幻陌你应该很清楚，说这些挑拨离间的事情对我是没有用的。”古寂站了起来，也把小桃扶起来，一步一步后退，离开这片迷糊的烟幕。

“我只是想告诉她一直误会的真相而已。其实尸妃母亲在嫁给我之前一直都跟青梅竹马的男人来往，就算当了王妃，她还是对那个男人念念不忘。古寂，朋友一场，我希望你不要步我的后尘。现在风翼死得这么可怜，又给尸妃留下一只戒指，呵呵，我看尸妃一定忘不了他的。”

幻陌的语气依旧阴沉，似是认真，却又似是带着挑拨的性质。

“哼，尸妃对风翼早就没有爱情了，尸妃难过也只是因为内疚而已，对比你这个父亲，我猜我应该更了解尸妃。”古寂自信满满地反驳，凌厉的气势一点都没有被打败。

“我早知道你会这样……不过我也没有吃亏，因为我留了一件撒手锏。”话音落下，幻陌的影子居然随即消失了，当古寂跑过去时，幻陌原来站立的位置只剩下一片虚无。

古寂失望回头，却发现小桃居然走到风翼面前，用赤裸裸的双手为风翼扑灭火种！

“笨蛋，你在干什么！”古寂猛地扑上前，一手抱走小桃。

“风翼死得很惨，我不可以让他死不瞑目，我要把他风光大葬！”

首次看见小桃如此激动的样子，古寂竟然生气了，一手抢过小桃手里的戒指，把它丢进火焰里！

“你干什么！”

“我不希望幻陌说的话成真了，我们在战斗，而且我才是你现在的男朋友，我不想让一个已经死去的人拖你的后腿！为什么幻陌要这样杀风翼？为什么他把你引了出来却又不杀你？他不是因为不想跟我斗吗？他想让我们俩分开，如果你为了风翼而放弃我，那么幻陌的诡计就实现了！”

怒吼突然震撼了小桃麻木的脑袋，她浑身一震，瞠目结舌地愣在原地，却没有任何反应。

“小桃，我知道你很难过很内疚，但风翼最大的愿望也就是你平安无事。”

当古寂的安慰脱口时，小桃不禁激动地扑倒在他矫健的怀里，哗然大哭起来：“为什么我和风翼一出生就注定被人控制？为什么我们都要被人利用？古寂你说这个世界上真的没有命运之神吗？我们都可以控制自己的命运吗?”

“傻瓜，要对自己有信心！如果这世界真的有命运之神，那么我还能从神界逃出来吗?”古寂紧紧搂着小桃，薄唇竟然滑落到樱唇上面，仿佛刻意要封闭她的嘴巴一样。

小桃不禁微微推开古寂，皱起了眉头，语带猜疑地问道：“古寂，你是不是觉得我心里还有风翼，所以才这样……”

“我对自己很有信心，对你也很有信心，所以我才想拥抱你，让你在我的怀里可以忘记不开心的事情。”古寂再次把小桃搂入怀里，不愿给她思考的机会。

小桃用力撑着古寂的胸膛，一脸不安：“古寂，你想不想看看我的真面目?”

“这个不是你的真面目吗?”古寂自信满满地笑说道。

小桃欲摇头，却又定格下来，抿了抿唇，好不容易才挤出勇气，说道：“在破坏古寂王族的时候，其实我的身体也被黑夜流沙腐蚀过，我把它锁住了，但是全都留在脸上。”

“我喜欢的是你的灵魂，不管你的面目是怎么样，我的心也不会改变。如果你想考验我的话，尽管放马过来吧。”

见古寂如此自信，小桃竟然感染了他的信心，把自己最底层的一张人皮面具从脸上撕下来。

俏丽的左面依旧唯美，只是右边脸颊却被一片黑色污染了，犹如少了一块肉似的，看上去有点恐怖，但在古寂眼里，却是一张完美的脸颊，迷人得让他忍不住再次靠近，温柔的吻从空洞的脸颊滑落到樱唇上，仿佛在默默暗示——你依然是最美的。

3.

鲜血再次从千雪的口中飞溅而出，嘴角滞留的血液使她的脸颊显得加倍苍白。

看着千雪咳嗽得如此厉害，虚弱得像下一秒就会支撑不住了，柳紫不禁再次向千雪大喊：“笨蛋，让我进来！”

千雪早已命人把自己关在这间玻璃屋里面，跟这些被她感染了的病人关在一起。

“别进来，难道你看不到我已经害其他人感染了吗？”千雪捂着嘴巴，不让柳紫看见她如此落魄的样子。

“都是那个小桃，要不是她让你进赏金区，你怎么会落得今天的地步？”柳紫已经气得火冒三丈，就像想把小桃找出来痛骂一顿才能泄愤。

看见柳紫蓦然转身，对她十分了解的千雪不禁站了起来，挤出薄弱的力气大喊：“柳紫，你想干什么？”

“我要告诉古寂，是赏金区给你服毒才会变成这样的，现在只有古寂才能救你了！”

“笨蛋！这样你还不明白吗？赏金区就是要用我引出古寂，就是希望我的病传染给古寂！”

柳紫回头瞪着千雪，一脸愤怒，却又一脸无奈。

最终，柳紫还是继续站在玻璃屋外面，紧紧凝视着变得越来越虚弱的千雪。精灵们按照千雪的方式配药，可是药物对他们的病毫无起色。眼看如此下去，他们只有死路一条，虽然柳紫不敢做，但姬儿不能眼睁睁看着千雪和其他族人死去，于是偷偷把云木族得了会传染的怪病这个消息散播出去，希望可以传到古寂耳边。

古寂一直都会留意“新闻”，只是选择性相信，从外界接到这个消息后，古寂突然想起幻陌那句“撒手锏”。不安的思绪再次浮现了，大家还没有拆解的秘密，幻陌就带来这些阴毒却震撼的攻击了。现在容不下任何考虑的时间，如果这次束手坐视，恐怕风翼的悲剧就会再次发生了。

小桃没有阻止，也没有丝毫生气，反而主动要求跟随古寂到云木族一趟。得到小桃的帮助，古寂对这次“反击”便更有信心了。他们不止要保护自己身边的人，还要保护整个世界，去证明给命运看，证明给幻陌看，他们是可以改变逆境的！

二人自信满满地来到云木族的新址，虽然大家不知道是谁把古寂请来的，但既然人都来了，肯定要带他见一见这些病人。

千雪一见古寂，大惊失色，极力用薄弱的声音嘶喊，让古寂不要进入玻璃屋，但小桃竟然大胆地首先推开了玻璃门。

“别进来，会传染的！”千雪猛地往后退，小桃却大胆走进染病人群中，一把捉住她的纤手，首先探一探她的脉搏，然后再检查其他病人的。

古寂也大胆走到千雪面前，严厉地问道：“千雪，怎么会这样的？是赏金区做的好事吗？”

千雪懦弱地躲在一角，喃喃道：“我临走之前，领队让我喝了一杯茶。”

“幻陌那只老狐狸！”古寂埋怨一句，皱着眉头望向小桃，问道，“现在情况怎样了？”

“他们都几乎没有脉搏了，内脏都有不同程度肿胀，表面看来是吸入了过量黑夜流沙的症状，但至于为什么会隔空传染，还要详细了解一下。”解答之后，小桃望向千雪，再发问，“喝了那茶之后你有没有感觉哪里不舒服？或者有什么奇怪的症状？”

千雪张开嘴巴，吸了一口气，欲说话之际，又忍不住咳嗽起来了，于是赶紧狼狈地用手帕捂住嘴巴。只见千雪刻意把手帕叠起来，迅速抹了抹嘴角，仿佛不愿意被他们看见手帕里面藏着什么。

“那是什么？你吐血吗？”小桃一眼便看穿了千雪的伎俩。

“没……没有……”千雪虚弱摇头，反应有点狼狈不安。

“不要隐瞒，我要知道中了什么毒才能救你们的！”小桃一手抢过千雪的手帕，发现雪白的手帕上果然沾了血丝。

“看来很严重了！”古寂担忧得不禁吐出残酷的话语。

“我要拿血液去研究一下。”

小桃欲站起来时，却被千雪冰冷的双手虚弱地拉住了：“不要带出去……会传染给别人的！”

“那么我在这里分析吧！”小桃坐了下来，把包包里的仪器都掏了出来，态度坚决。

“不行……会传染给你们的……”千雪耗尽力气嘶喊，但古寂和小桃无动于衷，依旧坐在玻璃屋里面。

小桃用平日的方法试验，却测不到血液中除了黑夜流沙之外还有什么异常，但光是因为黑夜流沙，应该不会传染得这么厉害，而且也不会吐血。

小桃本想取魔界四大宝物来控制千雪等人的病情，但在短短一天内，小桃便发现他们的健康指数急剧下降，已经有三个普通精灵忍受不住而逝世了。无奈之下，他们唯有请其他三大公主把三大宝物带来云木族，而自己和古寂就留在这里想办法压制病情。

千雪的视线越来越模糊了，但她还是看得到，古寂和小桃的脸色变得越来越差，这间玻璃屋里面的空气，或者可以说是精灵们吐出来的血，就像无形的吸血鬼，在偷偷吸食健康者的血液。

小桃没有休息过，一边照顾病人，一边还在努力寻找病因。

看见千雪冷得缩成一团，古寂看了看小桃，只见她没有时间理会自己，便大胆地脱下外套，披在千雪身上。

千雪不禁弯起灿烂如昔的笑容，却吐出一句坚强无比的话语：“我习惯了，你把衣服给小桃吧，我知道她也很冷的。”

千雪以过来人的身份提示古寂，其实他也察觉得到，血液的温度在渐渐降低，身体犹如被冰冷却虚无的气体逐渐填充了一样。

“小桃撑得住的。”古寂拍了拍千雪的肩膀，还是决定把衣服留给她。

千雪欣然一笑，躺在地上缩成一团，把古寂的衣服搂得紧紧的：“古寂，我想睡一觉。”

“嗯，你答应我要支持住，等药来了，我们就一起去看夕阳。”

千雪微微一笑，却没有回应，慢慢躲进古寂的外套里。

她睡着了，直到天亮也没有起来。大家开始泛起同样的顾虑，古寂拼命摇晃千雪的身体，但她居然没有任何反应。古寂的手开始发抖了，却没有勇气去揭开盖着千雪脑袋的外套。

“她死了，咬舌自尽。”最后，小桃当了残酷的刽子手，把外套掀开了，一片鲜血从千雪的嘴巴里流出来，湿了一摊。

大家都惊骇地愣在原地，唯独柳紫一闻，竟然激动得扑上前，猛地将小桃推开，二话不说便向她发泄起来：“都是你！都是你引千雪进赏金区，你自己明明可以治疗古寂的病，为什么要骗千雪说赏金区才有办法？千雪到底哪里得罪你了？为什么你的心肠这么恶毒？”

古寂站起来，扶住柳紫，用力挤出几句话：“我们都明白千雪是因为不想连累我们才自尽的，千雪是一个心地很好很好的女生，小桃当初的确是做错了，但现在她也有努力弥补，你就原谅她吧。事到如今，我们都不要计较这些事，让千雪安息好吗？”

柳紫愤然瞪着古寂，昔日的爱慕仿佛已经不存在了：“古寂，自从你认识这个女人之后，你就完全变了！你以前最疼的是千雪，你说千雪是最单纯可爱的，你最害怕千雪会被欺负被骗，现在罪魁祸首就在眼前，你居然一次又一次掩饰她的恶毒心肠。”

“柳紫，千雪死了我也很难过，但现在最重要的是治疗他们的病。”

“千雪都死了，你们留在这里还有什么意义？他们不需要你的治疗！你们两个都给我滚！”

“柳紫……”古寂从来没有见过如此激动的柳紫，平日的她不过只是有点任性，但不至于蛮不讲理。

只见二人僵持不下，小桃便走出玻璃屋，跟族长说了几句话。族长一闻，立刻回屋拿了一个容器出来。小桃竟然割破脉搏，把自己的血液流进容器里面。

然后小桃又跟族长窃窃私语了一阵子，再回头，在柳紫的推动下带着依依不舍的古寂离开。

看着不断回头的古寂，柳紫用力抿住双唇，瞪着眼睛，但越走越远的古寂却已经看不见柳紫泛红的眼白。

炽热的泪水从眼眶充溢而出，柳紫及时转身，仿佛害怕被古寂发现这样的她。族长见状，走到柳紫身边，问道：“柳紫，你不要责怪那个小桃小姐了，她刚才把自己的血留了下来，还教了我如何用三大宝物调制解药，看来她并不是那么坏呢。”

“族长，我又何尝不希望古寂留下来呢？但这是千雪的意愿。”

“千雪的意愿？”

柳紫沉重地点了点头，压抑已久的真心终于可以发泄出来了：“他们的确可以救我们，但他们要救的是全世界，他们有重大的任务。其实千雪自尽，就是担心他们继续留在这里会被传染，如果我不赶他们走，怎么对得起千雪呢？”

族长恍然大悟，深深叹了一口气，拍了拍柳紫的肩膀：“辛苦你了。”

我们不介意你只看见我们笨拙和无理取闹的一面，因为我们微不足道的付出在背后产生了价值。

4.

“不要胡思乱想了。”古寂紧紧抱着小桃的肩膀，尽管大手是颤抖着的。

小桃抬头望向他，忍不住软弱下来：“你不难过吗?”

古寂深深吸了一口气，把软弱的感情都狠狠压下去：“风翼死的时候我都不让你留恋，如果现在我难过就对不起你了。”

“但是你不可能不难过，刚才还在柳紫面前装得如此冷静，她一定以为你很无情的。”

“我不知道现在难不难过，我觉得脑袋一片空白，什么都不知道。”古寂闭起眼睛，又深深吸了一口气。

这是软弱的表现，小桃看得一清二楚!

小桃突然圈住古寂的脖子，踮起脚尖。当古寂愕然地睁开眼睛时，小桃的樱唇已经贴在惊讶的薄唇之上，用那生疏却可爱无比的技巧挑逗着野兽的神经。古寂用力地吸吮了一口，再游移到小桃的人皮脸蛋上，不禁好奇发问：“为什么还要掩饰?你用真正的脸面对我也没关系，我真的不介意。”

小桃勾起妩媚的嘴角，坏坏地笑道：“这样会有自信驾驭你。”

古寂不禁扬起无奈又兴奋的笑容，突然把小桃抱紧，薄唇猛地封闭了嚣张的樱唇，疯狂地吸收她的自信与精华。

虽然古寂的吻是激烈而霸道的，但温度好像一直都上升不了，寒气继续从古寂的嘴巴里散发出来。

当古寂缓缓抽身时，小桃不禁伸手抚摸他的脸颊，发现同样冰冷，小桃的眉头便紧紧地皱了起来：“你的身体怎么这么冷?你有没有内脏膨胀的感觉?”

小桃一边发问，一边抬起古寂的手腕，探了探脉搏。

“脉搏也很弱，难道你也感染了?”

古寂没有正面回答，却反问道：“你呢?你有没有这种感觉?但我觉得你的体温是正常的。”

“我没事。”

古寂一闻，竟然欣慰地笑了。

“笨蛋，这种时候还笑？我还没有搞清楚这种病毒！”

“我开心是因为我发现你没事，那就证明你对黑夜流沙有一定的抵抗力吧？当初你用黑夜流沙对付古寂王族，都只是被入侵了一点点而已，要是普通人，早就死了。”

听古寂一说，小桃认为确实有道理，不禁白了他一眼，让他再次获得胜利。

二人赶快回到白清泉，再调制了一次解药，首先控制住古寂的病情，再一同研究四大公主与黑夜流沙的关系。

其实四个王族的后人都不止一位公主或者一位王子，如果真的是纯吸血鬼后人的公主就可以抵抗黑夜流沙，为什么纯吸血鬼王族的小烟就不能幸免？

大家分析四人能力，她们的绝技都不一样，唯独小桃和伊雪熙熟悉毒理，但因为小桃曾经跟玄邪学医，所以她早已认识伊雪熙，用毒方式也有点相似。这一点不能证明她们是天生就有关联的。

讨论到这里，夏雨瞳突然向大家诉说了尹熙妍逝世一事，因为她相信命运确实存在。

听见夏雨瞳也遇到被命运之神安排的事情，小桃不禁狐疑地望了古寂一眼，他却抿了抿唇，摇头表示不知情。

小桃没有为命运之神纠结，却专注在“命运”二字之上：“听雨瞳所说，命运的确存在，那么命运是不是冥冥中安排了我们会相遇？如果命运之神真的操控了我们四人的命运，那么除了天生是四大吸血鬼王族的后人之外，我们应该还有其他相似的地方。”

“经历？”司泽不禁大胆地呼出可能会让大家伤心的话，“其实我曾经分析过，四位公主好像都有过伤心的感情经历，而除了小桃之外，其他三个的好朋友都变成了血树。”

“但风翼也死了，虽然他没有变成血树。”小桃失落地喃喃一句，随后立刻让自己振作起来，分析道，“如果命运早就注定了，那么会不会跟我们的时辰或者名字有关？例如，大巫师在我没出生之前就认定了我是一件祭品，所以把我的名字改成了尸妃，意思就是‘变成尸体的妃子’。”

“我的名字听起来没什么特别意思，父亲一开始就把我的名字改成伊雪熙了，好像没什么特别原因。”伊雪熙说道。

“自从我被玥救出来之后，就叫橘子了。”橘子说道。

“我只知道我是七月七日七时七分七秒出生的，但我不知道自己在魔界的时候叫什么名字。”夏雨瞳说道。

“等等！”对自然特别敏感的古寂仿佛从中找到了一丝线索，然后指着小桃，“小桃，代表桃花？那是春天的意思吗？春天之后就是夏天，夏雨瞳，夏，顾名思义就是夏天。夏天之后就是秋天，橘子，是代表秋天的颜色。最后就是冬天，伊雪熙中的雪字就很明显代表了冬天。”

“但是光凭名字，就证明了春夏秋冬跟黑夜流沙有紧密关系，会不会有点仓促？”白清泉首领有点疑惑。

“或者我们首先深入分析一下这个问题，我觉得可行。虽然我、橘子和雨瞳都未必天生就是这个名字，但为什么我们偏偏改了跟四季有关的名字？而且我们是由冬、秋、夏、春倒转陆续出现，这样会不会也是命运的安排呢？”小桃也支持古寂的说法。

白清泉首领也同意地点了点头，古寂便继续分析四季问题：“地球是绕着太阳公转，轨道是椭圆形的，而且与其自转的平面有一个夹角，所以当地球在一年中不同的时候，处于公转轨道不同的位置时，地球各个地方受到的光照和热量都不同，因此出现了季节变化。其实就算在神界，神也有自己信奉的神，所以四季也有代表的神兽。春代表柳，也就是四圣兽之一的青龙；夏代表莲，是四圣兽之一的朱雀；秋代表枫，是四圣兽之一的白虎；剩下的冬代表梅，就是玄武。”

“古寂你意思是说我们四个很有可能是代表了四圣兽？”橘子大胆猜测。

古寂点了点头，再道：“暂时我觉得的方向是这样，有了方向，我就有信心请神灵指示了。”

大家不禁愕然惊叹，对望了一眼，又把期待的目光落在古寂身上。事到如今，古寂也没有必要隐瞒自己的身份，因为他已经把这群人当做了同伴，接下来的日子，他们要互相了解并信任，才能够并肩作战。

第十章

一切都是命运之神的错

1.

离开了神界这么久，古寂从来没有跟神界的朋友联络过，因为他知道万一触怒伟大的神灵，他和母亲或许难逃一劫。

这一次，古寂以生命下赌注，因为他说过不会再跟神灵接触，不会再骚扰神界，当初才被免去一死。

眼看古寂必须独自离开白清泉，小桃便知道事情的重要性和危险性。谁都没有权力阻止古寂去冒险，但小桃不能容许古寂一个人去冒险。

眼看小桃也收拾了包袱跟着自己离开，古寂便确认了她的决心，也知道没有办法改变她的主意。

古寂搂着小桃的肩膀，得意洋洋地问道："怎么跟着我来了？担心我回不去吗?"

"你回不去的可能性应该很大吧，为什么要冒这个险?"

"其实也不算是很冒险，我以前在神界的人际关系很好的，如果掌管四季天气的女神对我还是念念不忘的话，我猜我应该会平安回去的。"

小桃一闻，才迟疑地发现是自己多疑了，不禁狠狠瞪了古寂一眼，低骂道："花心鬼!"

"哈哈！人家以前觉得一辈子只爱一个人会很闷的嘛，所以交的女性朋友多了一点儿。"

"很好，你继续保持这个观念吧！"小桃表现得泰然自若，犹如毫不在乎的样子。

"不，不，不，现在我完全改变了，以后的日子有你就够了!"

“花言巧语！古寂你别以为我会像那些无知少女一样把你当偶像崇拜！我对你的生死一点都不感兴趣！”语毕，小桃推开了古寂，加快脚步向前走。

被抛弃的古寂却忍不住露出灿烂如画的笑容，快步追上前，再厚着脸皮搂紧小桃的肩膀，不管她如何责骂。

其实古寂需要的地方不是什么圣地，只是一个跟天空比较接近的地方。神界的入口就是在云层里面，白清泉的基地是最适合的地方，不过古寂害怕真的出事了会连累白清泉。

古寂选择了一个山顶，躲进山洞里面。他让小桃远离自己，至少要走到半山腰等待。

古寂从来都没有想过，自己居然要利用这种民间方法来请仙。古寂自嘲了一下，收拾了心情，把准备好的碟子掏出来，咬破了自己的指头，让血液染在碟子上。

古寂再用鲜血在平地上画了一个密密麻麻的图。看起来不像是普通碟仙的图，而是一个五芒魔法阵图，其中包括风、雷、水、火、冰五大元素，然后再细分为与五大元素相关的时辰、季节、气象等变幻元素。

古寂打坐在阵图面前，然后把碟子放在阵图中央的圆形空白处，再把强大的灵气注入碟子，碟子背部突然冒出一条光柱，宛如雷电一样穿破了山洞，直直刺进黑暗的云层里面！

世界突然变得一片漆黑，就连月亮也躲藏起来，只剩下吓人的雷声，在轰隆轰隆地嘶吼。

古寂毫不害怕，镇定地坐在原地，一动不动地看着阵图，但是除了天空震撼的雷声之外，世界没有任何变化。

不知道过了多久，一道雷电忽然闪过天空，对准古寂的山洞劈下来！震撼的攻击把山洞炸得粉碎，躲在远处偷看的小桃吓得大惊失色，当她欲发动攻势保护古寂时，却发现雷电居然没有伤害古寂，反而像树根一样种在阵图上面，然后分散成几条树根形状的光芒，指住了几个焦点。

古寂镇定地看着阵图，心里立刻把这几个关键词记了下来！

不到三秒，光柱突然消失了，世界变得一片漆黑，没有任何光芒，瞬间之后，月亮又慢慢出现了。

地上的血液竟然随着光芒而消失，地上只剩下一只没有染血的破碎的碟子。

古寂立刻站起来，望向还没有完全散去的乌云，兴奋地大喊一句："凝芸，谢谢你！"

话音落下，小桃以为已经告一段落了，空气里却突然冒出一阵似是呼啸的风，又似是人说话的声音："你这样做会改变了命运之神之前设下的结局，主可能会再次惩罚你的，所以一定要考虑清楚。"

这句忠告是用灵气传达的微弱声音，小桃全神贯注，把灵气都聚集在眼睛和耳朵上才听得见，虽然很像风声，但她敢肯定这是那个凝芸给予古寂的警告。

这样一说，古寂应该是认识或者知道命运之神的，但他为什么要欺骗自己说世界上没有命运之神？他是不希望自己追究和伤感，还是因为他跟命运之神其实是有亲密关系的？

看着古寂兴奋地跑下来，小桃立刻跑回原来的位置，隐藏了自己曾经偷看古寂施法的秘密。

其实她真的不希望，甚至害怕命运之神跟古寂有关，但一路下来，小桃都压抑不了心里的忐忑，当古寂的大手再次搂着自己肩膀时，她竟然有一种莫名的不安。

回到白清泉，小桃趁机脱离了古寂的温柔，快步走进自己的房间。古寂惊讶地看着她的背影，莫名的担忧突然泛滥起来，他却拼命压抑着这种感觉，还没有给大家交代，便首先走进小桃的房间。

古寂敲了敲门，小桃没有回应，然后古寂就心急地推开了门，迎来小桃一脸不满："怎么胡乱推开人家的门？你这么有信心觉得我想见你吗？"

冷漠的话令古寂加倍焦虑，他走到小桃旁边，紧紧凝视着她，欲发问却又止住了。

二人沉默了很久，小桃连看也没有看他一眼，似是在发小姐脾气，又似在生气，令人捉摸不定，让古寂甚至浮现了想读心的冲动，但现在小桃的气势如此阴沉可怕，用读心来了解她现在的想法，恐怕局面会变得更僵硬。

"很累吗？"古寂尝试用另一种方式深入小桃的心。

"嗯，这几天都没有好好休息，我想睡了。"小桃借机把古寂拒之门外。

古寂点了点头，不得不识趣地离开。小桃看着这个曾经熟悉且亲密无间的背影，心里竟燃起莫名的怒火。

2.

其实大家都迫不及待想知道答案，离开了小桃的房间，古寂便走到大厅，为大家解开谜底。

古寂冒险跟神灵接触，得到的指示是：寒冰、干燥、大雨、乌云和心。

"首先前面四点，我认为是气候，寒冰应该代表冬天雪熙、干燥代表秋天的橘子、大雨代表夏天的雨瞳、乌云代表春天的小桃。"古寂分析道。

橘子针对心这个观点，接着分析起来："指示指的'心'，会不会就是人心呢？如果黑夜流沙是跟气候有着紧密的关联，那么环保问题应该跑不掉。首先是全球变暖的问题，空气开始难以预测，捉摸不定，这些不都是由各类生物一手造成的吗?”

古寂点了点头，继续道：“虽然说看似是人类对自然环境造成的污染最严重，汽车尾气、垃圾、燃料等产生了很多不可循环再用的东西，但魔界争权夺利极为明显，互相厮杀，尸体对空气造成了极大的污染，所以第一个黑夜流沙是在魔界产生的。如果产生之后生长就变得容易的话，那么黑夜流沙就是生物们心里黑暗的一部分，因为贪婪和权利逐渐扩大，所以黑夜流沙也逐渐扩大，这个说法应该也是有道理的。”

“我也认同你们说的话，人心的确很可怕，但心里建立起来这个问题怎么解决呢？它就像一个结界，好像根本不是我们能够触及的。”伊雪熙提出了敏感的观点。

伊雪熙的话突然挑起了古寂的回忆：“我在神界的时候，记得听说过六界的形成是由一个世界分裂而来，然后分类，分层，统领，因为神的力量最强大，所以至高无上。既然六界都可以分裂出来，那么第七个次元界也可能分裂出来吧?”

“你的意思是?”司泽仿佛有点猜到了古寂的说法，却又不敢妄下定夺。

“我一直认为，最强大的东西是意志，如果连黑夜流沙这么强大的现象都是由‘心’建立出来的，那么它可能是生于第七次元界，又或者可以封锁在第七次元界，这个次元界我们可以把它当成‘心次元界’。以‘心’为中心，由‘心’来控制。”

“没错，就算它不是属于第七次元界的，但听古寂这样一说，我也认为它可以封锁在第七次元界里面。”一直谨慎行事的夜烽也选择了这个方向。

“嗯，这样就更有信心证明我们四个可以控制黑夜流沙，但我们需要做些什么呢?”橘子问道。

“首先我想了解一下你们真正的出生时间。”古寂扫了她们一眼。

伊雪熙首先说道："我是十二月七日七时七分七秒出生的。"

夏雨瞳一听，满脸惊讶，但还是等橘子说完。

橘子也感到同样的惊讶，愣了两秒，再道："我是十月七日七时七分七秒出生的。"

夏雨瞳不禁自信地笑了，回应道："我是七月七日七时七分七秒出生的。"

话音一落，躲在房间已久的小桃突然出现了，回复最后一个答案："我是五月七日七时七分七秒。"

古寂呆呆地看了小桃一眼，但又不得不正经地回过神来，认真道："那么四位公主都是七日七时七分七秒出生的，但除了七之外，还有七七四十九天，或者四位公主乘以七等于二十八这些可能性。"

"等等。"司泽突然找到了其中的特点，惊呼道："四位公主乘以七等于二十八，而她们都是七日七时七分七秒出生的，其中有四个七，是不是'四七二十八'才是重点呢？"

听见司泽的意见，最为熟悉魔界的小桃便想到了一个重点："古寂王族一向很信奉祖先鬼神，古寂王族最伟大的祖先死于四月二十八号，那天之后的天气都很奇怪，温度一整天都会处于二十八度。因此后人就十分信任鬼神，认为祖先的灵魂在守护着他们，所以到了幻陌当国王的时候，他想占领其他三个王族，于是就让其他三个王族每年四月二十八号祭奠，并跟古寂王族一同供奉古寂王族的祖先，其实这个只是表面的礼仪，幻陌早在祭奠里面下了手脚，抑制着其他三个王族的祖先，让三个王族运气逐渐变差，守护能力变弱。"

"大家都是吸血鬼，算是同类吧，那个幻陌怎么可以这么狠心？"夏雨瞳忍不住责备。

"既然其他三个王族的吸血鬼都可以用种增血果等方法抗饥饿，为什么古寂王族的魔鬼就一定要残杀同类？后来我选择毁灭古寂王族，也是因为看不过眼幻陌和魔鬼的做法。”

“既然四月二十八号是这么特别的日子，那么会不会跟古墓有关?”夜烽猜测道。

古寂的脑海中突然浮现了新的想法，命人递来笔和纸，然后迅速在纸上画出魔界的地图。古寂把四大吸血鬼王族的古墓都打了圈圈，而古寂王族的古墓范围比较大，形成了一个“L”形的样子，于是古寂索性在这四点上面写成一个“心”字，再研究起来：“在小桃出生之后，大巫师便给她建立了一个坟墓，在棺木里面画了一个阵图。我想如果一个阵图可以控制一个人的生死，那么四位公主应该也可以控制一个‘心’的生死。心字是由四笔组成，由地图来看，很明显上面三点应该是代表纯吸血鬼王族、血花王族和九宫王族，而‘L’字形的一笔就是四大王族的统领古寂王族，那么组起来就是一个心字了。”

“现在日期和地点都有了，我们是不是应该在二十八号那天把这个‘心’封印了呢?”司泽问道。

“我猜应该不算是封印，而是把它带到第七次元界里面。现在离四月二十八号还有三天，四位公主做好充足的准备，好好休息，确保当天有最佳状态，然后在当天的早上七时七分七秒，我会在天空开出一个裂口，你们看见就立刻启动各族的血阵图。”

“血阵图?”伊雪熙有点摸不着头脑。

夜烽埋头思考了一下，随即恍然大悟地惊呼起来：“哦，我知道了！以前我们逃出黑夜流沙，是因为一个阵图。它明显是一个三角形，阵图内的西面勾画了一个疑似‘太阳’的标志，然后在南面勾画了一个疑似‘风向’的标志，最后在东面勾画了一个疑似‘月亮’的标志。”

听夜烽这样一说，伊雪熙也恢复了信心。

然后夏雨瞳也望了望日凉，自信满满地说道：“我们的阵图就是九宫阵图。”

“而古寂王族的就是封印尸妃的死亡阵图。”小桃也随后表达出来。

当大家都兴高采烈地讨论完之后，才发现橘子根本毫无头绪。

看着失落的橘子，司泽欲伸手拍拍她的肩膀，却又懦弱地收回去了，只是带着一种明明自信却又莫名失落的语气说道：“橘子，放心吧，还有三天时间，一定会找到属于血花王族的阵图。”

本来，橘子还是一点信心都没有，但没想到司泽第二天清晨便带着她去寻找阵图，而且是有目的地寻找。

橘子根本无法相信，身为血花王族的唯一后人都不知道属于血花王族的阵图是什么，而司泽一个外人居然如此了解？

但当她来到一个坟墓面前，她突然明白了。

没错，这棵树看起来真的像一个坟墓，把灵魂锁得死死的，他永远也逃不出来，只能隔着一块单面玻璃去看外面的景色，去守护深爱的女人，却无法得到她的一点回应。

橘子失落地跪在玫兰玥的血树面前，泪水再次决堤，如山泥倾泻般崩落。

原来，阵图早已刻在玫兰玥的脚下，他围绕着她走过的路，就是最强大的保护。

小桃看着目断魂销的橘子，不禁浮想联翩：是谁把两个相爱的人分隔天地？是谁制造悲伤与泪水？是谁面对别人的苦苦哀求还可以麻木不仁？她从一个又一个案例里面得出结论，那是命运之神，她真的很想知道她们到底什么时候得罪了命运之神，竟然迎来如此不堪的结局。

有时候，我以为自己只是一个麻木的局外人，但当我的心隐隐作痛时，我才发现原来我已经身处其中了。

3.

“我陪你去拜祭伯母吧。阵图设立之后，或许古墓会毁掉的。”走在冷清的路上，古寂一直跟在小桃身后，看不见她的表情，却察觉得到她的低沉。

这是古寂好不容易才鼓起勇气说的话，没想到小桃还是冷冷地拒绝了。

见状，古寂终于忍受不了，不禁向小桃大喝起来："小桃，你最近到底怎么了？自从我向四季女神拿提示之后，你就变得怪怪的。我做错了什么？你告诉我啊！"

小桃突然停下脚步，愤然回头，丢下一句狠话："幻陌说得对，我会留恋风翼，我会记着风翼的，我就是这么心念旧情！"

语毕，小桃又转身向前走，没打算给震惊的古寂任何安慰。

古寂却没有因此被打败，猛地跑上前，突然从后面抱住急促离开的小桃，将头埋在散发着清香的脖子上，激动地哽咽道："不是这个原因！你心里还有别的秘密！"

心脏的保护膜好像突然被刺穿了，小桃感到针扎一般，但痛楚很快就过去了，她努力平复这种忐忑不安的心情，假装若无其事，拍了拍古寂的手背，再道："最近发生太多事，我有点吃不消，过一段时间应该会好了。"

"不……不要这样……小桃，你有什么心事就跟我说，我们不是已经成为对方最亲密最信任的人了吗？"古寂把小桃的身体别过来，第一次露出罔知所措的表情。

只见古寂这么想知道答案，小桃也唯有狠心地把心里的愤怒一一吐出来："为什么风翼要死？为什么千雪会死？风翼说过他会安全的，千雪不是已经远离了是非吗？为什么橘子被迫要和玫兰玥分开？玫兰玥是该死的吗？他应该变血树吗？其他人呢？他们也是天生就注定要被封印在一个只可以守护爱人却不能离开的空间里面吗？那么我们呢？我们会不会也变成那样？"

“你想太多了，风翼和千雪的死不都是因为幻陌吗？只要消灭了幻陌，以后就会风平浪静了！”古寂轻轻抚摸小桃的秀发，把她当成一个洋娃娃般呵护。其实小桃曾经渴望这样的温柔，但在一个只懂得推卸责任的人怀里得到的呵护，其实一点都不幸福。

小桃认为，幻陌就算多强大，他也不过是一只棋子，他们都是命运之神的一只棋子而已。

古寂以为终于平复了小桃不安的心，全神贯注跟大家一起开启第七次元界的裂口，然后把黑夜流沙都引进第七次元界里面。

伟大的阵法完美进行了，一切没有阻碍，顺利得令人有点不安。

他们谁都不敢松懈，继续留在原来的位置，静观其变。

阵图看似是稳固了，观察了整整一周，天空也没有任何变化。直到第八天，终于开始下雨了，但雨中竟然没有夹杂黑夜流沙，看来这个问题算是解决了。

日凉和夏雨瞳曾经历过这种似是平静，然后又突然迎来更大风浪的情况，所以他们提醒大家不能掉以轻心。古寂也认为应该要继续提高警觉，毕竟幻陌还在，他应该会继续找机会作乱的。

世界算是暂时平静下来了，辛苦了这么久，古寂真想跟小桃过一过二人世界，去好好修补他们的感情。

再次来到小桃的房间，她的面容很淡定，却没有丝毫表情，犹如一个纸人。

看着这样的小桃，古寂便加倍不安，紊乱的心再次泛起了波动。

小桃仿佛看穿了古寂的忧伤，却没有安慰他，也没有说话，仿佛在等待他首先开口。

可是，古寂还是猜不透她的心，只是选择用温柔的方式去哄她：“现在事情算是告一段落了，不如我们出去走走吧？”

“但是我哪里都不想去。”小桃把脸别过去，仿佛刻意不想看见古寂的脸。

古寂根本分不清她到底是希望自己去继续哄她，还是希望继续保持沉默。无奈之下，古寂终于忍不住偷偷闯进小桃的心，去阅读她的思想。

此时此刻，小桃格外的冷静，脑海里没有任何杂念，甚至连古寂都无法融入她的世界。小桃不喜欢古寂用这种卑劣的手段去读取自己的思想，所以她早有准备了，但她还是希望，在自己彻底失去信心之前，古寂能够向她自首。

如果命运是注定我们俩必须分离，你还会抵抗命运去努力争取我吗？小桃真的很想发问，话都充溢到喉咙了，但门外突然传来敲门的声音，白清泉成员喊他们集中商量巩固第七次元界的办法。

或许这是命运的安排，在古寂没有及时争取的情况下，小桃已经彻底失去了继续努力的信心。

翌日，小桃突然离开了白清泉，没有留下任何痕迹，古寂心急如焚，立刻踏上寻找小桃的道路。

四大吸血鬼王族的古墓已经被阵图封锁了，小桃没有办法前往古墓拜祭母亲，却前往叶惠的家，来探望古寂的母亲。

虽然这是一个残忍的办法，但或许从叶惠口中可以得出一点线索。

小桃选择了列车为交通工具，这是最慢的一种交通工具，还需要转两趟车才能到叶惠居住的小区。

其实，她知道自己在等什么。小桃买了两个位置，目的是不希望有讨厌的人坐在身边，或者更深层的目的是在等待某个人的到来。可笑的是，命运竟然安排了另一个人坐上这趟列车。一个戴着口罩的中年男人坐在小桃身边，气焰逼人，淡雅镇定，却有一种高高在上的压迫感。

察觉到他的强大妖气，小桃立刻绷紧神经，小心翼翼地打量身边的男人。他突然望向小桃，眼神阴森尖锐，令小桃也大吃一惊！

当然，让她有这种骇目惊心感觉的，不止是男人的锐利目光，更是这张熟悉的脸。哪怕他戴着口罩，小桃还是能清楚地认出这张脸。

小桃立刻把灵气形成一个防护罩，做好了战斗的准备。

“不必紧张，我暂时没有杀你的意思。”

“幻陌说的话，可以相信吗?”小桃的话有点讽刺，却藏着瑟瑟发抖的恐惧。

幻陌没有回答小桃的问题，自顾自地说下去：“看我的女儿活得这么可怜，我不禁想让你死得明明白白。”

“你放心，就算你真的杀了我，做了鬼魂我也会记住你对我的‘大恩大德’!”

“年轻人，故事还没有结束，别急着下定论。最后你是死在我手上，还是命运手上，谁都不知道呢！我们都是命运之神的一只棋子而已，其实结果是怎样，你认为你我有权利改变吗?”

幻陌的话一针见血，准确无误地刺进小桃心脏正中央，让这个失去了心脏的人依然感到莫大的恐惧与痛楚。

小桃狠狠盯着前方，极力让颤抖不已的神经镇定下来。

哪怕小桃沉默不语，幻陌还是看得出她的在乎，于是继续释放更强烈的攻势：“杀风翼不是我的主意，我很疼这孩子，很赏识他，但他一定要死，因为这是命运之神的安排，谁也无法抵抗。随后，古寂，甚至白清泉所有人都会因为你而死，因为你是会变成尸体的妃子，你只属于死亡，你只能嫁给死亡，你不可以有爱。”幻陌认真地说了一番看似讽刺却实在的话，突然又露出可耻的一面，“啊！对了，我差点忘记，古寂又怎么会死呢，他的母亲怎么会把自己的儿子也设在命运游戏里面呢!”

“你这话是什么意思?”

“难道你不知道古寂的母亲就是命运之神吗?”

若不是幻陌这样一说，小桃绝对不会把叶惠和命运之神联系在一起！那个脆弱得不堪一击的女人，居然是操控世界生物命运的命运之神？

“看来你知道的事情很少呢，别怪我一直都没有疼爱你，今天我就尽一下父亲的责任，把你最想知道的事情都告诉你吧！世界分为六界，其中有六个命运之神，而古寂的母亲就是编写魔界万物命运的命运之神。一个神会犯了什么样的错误才被驱逐出神界？会不会跟你的身世有关？你的母亲为什么在你出生第二天就死掉？孩子，慢慢想清楚吧！”幻陌傲然一笑，宛若置身事外，拍了拍小桃的肩膀后站了起来，转眼消失了。

幻陌在推卸责任吗？这是他的诡计之一吗？不，他没有办法推卸责任，他说得对，这个世界没有人能够编写一个人的命运，除了命运之神！

当导火线把火种点燃起来后，或许谁也无法熄灭这场灾祸，因为这个愤怒的人，她没有心脏。

4.

下一站，小桃下了列车，转了出租车，加速前往叶惠的家。

春和景明，绿树成荫，小桃迫不及待地来到这个种满了七彩斑斓的花园外，她已经没有耐心等待叶惠慢慢走出来开门，小桃按了按门铃，一下子便跳进花园里，当叶惠开门时，小桃已经站在她的面前了。

叶惠明显被吓了一跳，但当看见熟悉的脸颊，立刻扬起灿烂如画的笑容。

“你不要太开心，这次我不是以你未来媳妇的身份来找你，而是想跟你确认一些事情。”小桃绷起了愤怒的表情，横眉立眼，宛如下一秒就要把叶惠杀掉一样。

“小桃，你想确认什么事呀？”叶惠莫名惊讶地看着小桃，明明害怕不已，却还是很想努力去解答小桃的问题。

看见叶惠装成一脸无辜好人的样子，小桃便加倍激愤，不禁突然加重语气，向叶惠怒吼："你还记得古寂王族的灵王妃吗?"

"那是谁?"叶惠猛地皱起了眉头，脑袋再次传来阵阵剧痛，她猛地捂着大脑，却带着逃避的意思反驳道，"我不认识！我不认识灵王妃！"

"不认识你为什么这么难受？你是不是对她做过非常过分的事？你控制了她的命运，你用简单的几个字杀了一个手无寸铁的女人！"小桃瞋目切齿地怒吼，声音划过天地，几乎擦破了叶惠的耳朵。

"我杀了她？我真的杀了她吗?"叶惠无助地看着小桃，头痛开始慢慢减轻了，另一种更可怕的感觉却冲入脑门。

"你把我的命运安排成天生的傀儡，一个祭品。所有爱我的人都会被我剋死，母亲在生了我第二天之后就死了，然后你安排我的命运无比坎坷，唯一爱我的人却因为误会跟我分开了，最后也死在你的命运之下，难道不是吗?"激动的指责之后，小桃还是给叶惠留了转弯的余地，或许她说不是，小桃也会选择相信。

"呵呵……"叶惠坐倒在沙发上，傻傻地笑了起来，就像变了另一个人，"我又何止杀了一个灵王妃呢？自从他因为一个美丽的女人而抛弃了我们母子之后，我就乱了，我很想报复，想杀死那个女人，不，是想令她生不如死，但他们过得很快乐，她的命运早已被我写得幸福美满，我没有办法改写她的命运。"

"那个女人跟我和母亲有什么关系啊?"小桃听得一头雾水，却因为焦急而变得加倍暴躁。

"她们同样是魔界的人，同样是美丽的女人，你们四个魔界公主都长得太迷人了，我不能让你们抢夺别人的幸福，我要你们为我的遭遇祭奠！但是在我有这个念头之后，那个伊雪熙已经出生了，我没有办法不放过她，接着向血花王族的公主、九宫王族还有你下毒手。我把我的所有怨恨都发泄在你们身上，我要你们背负一辈子都得不到幸福的命运！特别是你，在我最痛苦的时候出生了，我把你的命运设定为最悲惨最孤独的一个！”叶惠突然又抱着脑袋埋头恸哭起来，“为什么会这样？为什么我是这样的人？为什么我要发泄在无辜的人身上？我不是命运之神！我是叶惠！我只是一个非常普通的女人而已！”

“你说谎！”小桃痛心绝气地大喝一声，睚眦之怨不但没有平息，反而加倍深刻，“如果你不是命运之神，如果不是你亲手毁了我们的一生，你怎么会记得这么清楚？还是古寂才是真正的命运之神，你是想替他顶罪？”

小桃也不知道自己为什么走到苦肉计这一步，她明明知道古寂是雷神，一个神就算多么神通广大也不可能担当两个角色。

叶惠恍然大悟，立刻惊醒，带着怵目惊心的慌乱捉住小桃的双手，拼命摇头，泪如泉涌地哀求道：“你不要怪寂，他也是因为不想我记起以前的事情才瞒着你的！他不是命运之神，他没有害过你们，害你们的人是我，是我为了逃避现实，假装一切都记不起来，其实我记得很清楚，所有回忆都记得很清楚！”

一清二楚的答案传进耳朵，小桃再也无法逼自己相信叶惠是无辜的，五内俱崩的悲恸从内脏窜到眼眶，刺穿了眼角膜，有如山泥倾泻，一发不可收拾。小桃猛地推开叶惠，隔着模糊的泪水狠狠瞪着她，却只能虚弱地继续责骂：“你为什么不说你是被迫的，为什么不说这是命运，你也是无可奈何的！”

“我不是无可奈何，我是罪人，我罪无可恕！”叶惠的身体已经无法支撑，滑落到地上，犹如一个哭倒后无法重新站起来的可怜虫。

小桃用尽浑身力气瞪着她，虽然她已经是一个手无寸铁的女人，但小桃还是很想一手掐死她！

“把我的命运改回来！把我的幸福还给我！把风翼还给我！他不应

该死的，他是无辜的！”小桃突然又激动起来，就像感染了叶惠的哀乐无常一样，突然掐住她的脖子，拼命摇晃她的身体，却没有把她的喉咙真正掐紧。

“改不了……爱你的人全都会死……对不起……你杀了我吧！我好痛苦，我很想死，很想忘记我所做过的一切！杀了我吧……”

随着叶惠的“辅助”，小桃的双手突然充满了力量，带着痛心绝气的怨恨掐下去！

她不知道这样是对还是错，她也不知道自己事后会认为是值得还是会后悔，她很犹豫，犹豫得整个人都快要崩溃了！

突然，一股灵气擦过小桃的纤手，明明穿着两件衣服的手臂也出血了！小桃下意识松开束缚，惊讶侧头，却发现一个熟悉的身影猛地扑向叶惠，把她扶了起来。

小桃没有解释，只是等待古寂的下一个反应，到底是好是坏呢？

古寂让叶惠走到自己身后，再望向小桃，首次露出脸红筋暴的愤怒，向她咬牙切齿地喝道：“你没有亲人，不懂得亲情可贵没关系，我可以让你慢慢融入我的家庭，慢慢改变，但你为什么一次又一次伤害我身边的人？千雪死了我没有怪你，但我的母亲是底线，我不容许任何人伤害她！”

残酷的话终于把坚硬的心彻底毁灭了，小桃不禁虚弱一振，后退了两步，低着头，却什么也说不出来。

古寂迟疑地冷静下来，立刻尝试读取小桃的心。

过去的回忆一幕一幕汹涌而上，包括风翼的死，还有她和古寂幸福快乐的日子，但一切都很短暂，她的思绪很快又落在黑暗的未来。她不会得到任何幸福，她此生就注定了孤独。

这一刻，她突然决定了跟古寂势不两立，因为他们本来就不是同一个世界的人，不应该走在一起。以后，他的世界不会再有她，她的世界也不可能容纳他。

他明明知道她的命运是被注定的，是被刻意安排的，却一直隐瞒，就算到了这一刻，他还是选择了把她抛在幸福门外。

在小桃重拾冷静而转身离开时，叶惠再次做出自私的选择，她紧紧抱着自己的儿子，让古寂没有办法追上去。是的，这一次，古寂还是选择了母亲。

叶惠没有说过半句话，世界一片寂静，没有人愿意为小桃解释。如今，在古寂心里面，小桃是一个无理取闹的杀人犯，而叶惠依旧是神圣不可替代的母亲。

她看不见他的眼泪，那其实是为她而流的。

第十一章

你是最美丽的陪葬品

1.

寒风之下，长长的杂草任风摆动，根本没有办法飘向自己喜欢的方向。小桃在远处扎了一个稻草人，它的高度跟风翼一样，嘴角带着风翼失去已久的微笑，它屹立不倒地站立着，不被任何人左右。

小桃坐在树下，不管刮风下雨，一动不动地坐着，瞭望着远方，等待一个结束。

虽然目无表情，但小桃已经很累很累了，眼泪不知道流了多少，脑海充满了繁杂的思绪，她分不清哪一点比较重要。

凄风冷雨之夜，阒黑的天空让小桃看不见稻草人的笑容，小桃只感到他和自己一样，孤苦伶仃地逗留在一个位置，等待着一个永远也不可能到来的人。

小桃累了，真的累了，她不得不闭起眼睛，因为她失去了希望。

炽热的泪水再次滑落，一只冰冷的大手小心翼翼地抚摸着俏丽的脸颊，欲把泪水抹去，可是又迎来了新的泪水。

呼啸的冷风迎面吹来，冰冷的大手将小桃搂入怀里，抱得紧紧的，犹如一件温暖的外套。可惜，这件外套带着无数针刺，狠狠地穿透她的皮肉，让她不得不狠心推开这个危险的男子。

他又在狡猾地读取她的心思了，但这一次，她毫无保留，把一切秘密都尽情释放，因为，她希望结束之前，古寂能够明白一切。

古寂没有说话，他好像早就察觉到小桃的秘密，只是一直努力隐藏而已。他没有一点惊讶之意，同样也没有任何办法。

“古寂……”小桃突然呼喊他的名字，用尽余下虚弱的力气，“既然注定了死亡，与其死在幻陌手中，不如死在你手中。”小桃从口袋里掏出一瓶药水，苦笑起来，“我不想剩下的四个内脏会贻害人间，但服毒而死会很痛苦，等我喝了这瓶药水之后，你就帮我结束这个命运吧。”

“小桃，一定要这样吗？原谅我的母亲可以吗？”古寂愁眉紧锁，悲痛不堪，却又无能为力。

“古寂，没用的，我会死，迟早会死，要我继续留在这个世界上，不断接受更多痛苦，看着自己害死更多的人，不如提早了结这个命运。”语毕，小桃突然把药水倒进口里，古寂来不及阻止，药水已经喝了一半！

古寂猛地打掉瓶子，捧起小桃的脸，立刻吻住她的双唇，极力把她嘴巴里的毒药吸进自己口里！

小桃花容失色，顿时三魂出窍，欲把古寂推开，他却抱得紧紧的，没有给小桃挣扎的空间！

直到感觉小桃口中的毒药已经全部被自己吸走后，古寂才稍微放松了手。

小桃猛地推开古寂，惊惶万状地瞪着他：“笨蛋！你干什么？干什么！你以为自己很伟大吗？你以为这样我就会原谅你吗？”

“我知道要你磨灭十多年以来积累的恨意很难，但她再错也是我的母亲，我能为她做的只有替她赎罪，而你偏偏是我这辈子最爱的女人，如果母亲注定了爱你的人都会死，那么我也愿意走上这条路。”

“笨蛋，你这样不是让我更加痛苦吗？”小桃的泪水如泉汹涌，怆地呼天的悲恸一发不可收拾。

古寂摇了摇头，轻轻捧起小桃的脸颊：“我这样做只是希望有个了断，你不是想要结束吗？我希望你快乐，无论是生是死，我都希望我们的回忆给你留下的只有幸福。”

"我……真的是幸福的吗?"小桃不禁自卑地发问。这一刻，她终于露出了最脆弱却是最真实的一面。

"你是幸福的，以后无论去哪里，只要记住这一点就可以了。"古寂轻轻亲吻了小桃的额头，贪婪的薄唇却又忍不住逐渐下滑，停留在跟小桃的樱唇只有两三厘米的近距前，呼出诱惑的气息，"最后的一刻，我们的回忆都只留下美好，可以吗?"

从内心爆发出的痛楚让人痛得面容也微微扭曲了，小桃突然凑近古寂，狠狠地把他推倒在地上，像一只没有经验却又假装狂野的小猫一样捉弄着对方的思绪。古寂伸出双手，紧紧抱住小桃。

薄唇狠狠地吸走小桃最后的理智，让她只能迷糊不忿地跟霸道的敌人缠绕并对抗着，她知道自己将要输给他了……

天色泛凉，他变成了她的人皮外套，整晚都把她抱得紧紧的。她睡着了，她不介意醒来之后会变成怎么样，或者她已经去了那个只有黑暗的世界也没有关系了。

这一晚，新的毒素激发了古寂体内的旧毒素，但他没有挣扎，她也没有救他。他们只是选择了当一对情侣，一对恩爱缠绵，互相攻击，却亲密可爱的情侣。

她躺在他的怀里，自从说了那句"晚安"之后，他再也没有跟她说话了。这件外套渐渐冰凉，她的眼泪不断滑落，却坚持不让自己拯救他。

这是命运，不是你死就是我亡，但小桃知道，谁都要死，只是她最后能给他的，就是死得安详。接下来，她要面对更残酷的命运，她不畏惧死亡，也已经不再害怕命运接下来又会怎么安排，因为她已经决定了跟命运抗衡——再一次表演一场伟大壮举!

天空，再次乌云密布，眼看快要下雨了，小桃给稻草人撑了一把伞，然后吃力地把古寂带走。

小桃喝下跟昨晚一模一样的毒药，她不是自尽，而是要证明给命运看，她并不是一件简单的祭品。

要爱，就爱得轰轰烈烈；要恨，就杀得干干净净！

2.

古寂的气息消失了，幻陌整天对着天空窃笑，兴奋得有点异常。虽然如此，但他的大脑还是十分清醒的，不然他又怎么会捉住这个机会破坏四大阵图？

如今幻陌唯一能够相信的得力助手就只剩下夜洛珈一个。他很清楚自己手下的魔鬼，都是见风使舵的人，如果不是幻陌能够给他们带来这么多美食，他们也不会如此忠心效劳。

幻陌亲自把尸妃的心脏带到古寂王族的古墓里，把她的心脏安葬在至高无上的位置，与自己的血液形成一体。如今幻陌在乎的不再是古寂王族，失去了大巫师的他改变了方向，决定要加强自己的妖力，变成一个无坚不摧的魔鬼，不畏惧黑夜流沙，甚至像尸妃当年一样，可以控制黑夜流沙！

尸妃的心脏是最好的良药，失去了心脏的尸妃虽然依旧强大，但现在古寂已死，幻陌对一切都无所畏惧了。

在古寂王族瘴气如此浓郁的地方建立灵气阵图，其实就像一张薄纸般不堪一击，与尸妃的心脏二合为一之后的幻陌，光是用了了三成力就破坏了阵图，当主阵图一垮，单凭夜洛珈的力量也可以把其他三个阵图破坏。

与四大阵图有着紧密相连的天空缓缓裂开，天空犹如盛满了雨水，突然从裂缝中汹涌而出，像冰雹般强大的力量狠狠降落大地。

脆弱的人类受不住突然而来的攻击，有些躲避不及已经被砸伤了脑袋。白清泉立刻派人出外救助那些已经无法行动的人类，另一方面，司泽等人前往魔界，各自检查阵图的变化。

天空的摇晃越来越激烈，地动山摇，好像全世界都要倒塌下来一样！人类惊慌失措，没有人知道到底发生了什么事，心里一片空虚。

现在明明是早上，但天空竟然变得越来越昏暗，好像在逐渐下降一样。司泽和橘子首先从魔界回来，但他们都不敢妄下定夺，待日凉、夏雨瞳、夜烽和伊雪熙都回来后，大家竟然得出了同一个结论——正对着阵图的天空裂开了，就像是把魔界活生生撕开了一样，魔界的黑夜流沙明显地流入了人间。

正当大家也手足无措之际，白清泉的机关突然被打开了，大家同时望向入口，既期待又担忧，最后还是选择了严阵以待。

当大家同时扬起了灿烂如画的笑容时，他们真的很庆幸，来者并不是敌人，而是失踪了好几天的小桃！

“看来‘心’阵图并不是解决黑夜流沙的办法，我们要组合四季之神给古寂的关键词，一同组合起来才能抵抗黑夜流沙。”小桃匆忙跑进来，二话不说便提出了自己的见解。

“我们应该怎么做呢?”平日冷静的橘子也焦急如焚了。

“真正抑制黑夜流沙的办法我还没有找到，但我以前是用黑魔法来引导黑夜流沙流进古寂王族的，关键词里面有四大元素，也就代表了我们四个，我想现在用元素魔法试一试能不能暂时控制局势吧！另外，日凉在我们施展元素魔法的时候，也尝试控制一下雨水吧。”

“但是古寂去哪了？上次是因为有他的帮助我才能做到的。”日凉自卑地说。

本来全部精力都集中在策划之上的小桃，突然被日凉的一番话给打击了，脸色变得惨淡。

见状，夏雨瞳拉了拉日凉的手臂，劝告道：“没关系，试试吧，只要你尽力，我相信一定能做到上次的效果！”

日凉点了点头，立刻重拾信心。

小桃向白清泉首领征求意见，首领也认为如今之计只能这样，于是大家便决定进行这个计划。

首先，小桃在地图里勾画出人间最接近魔界四大王族的古墓的地点，再次形成一个“心”，但这次改用元素魔法阵图，虽然他们都知道这些阵图力量比之前的还要弱，但起码是对应天空的变化，希望可以暂时控制。

缺少了古寂，日凉的力量根本无法彻底发挥，只能让雨势稍微变小。

天空依旧摇荡不定，宛如一个精神病人，时而激动时而冷静。元素魔法虽然令天空的缺口缩窄了，但他们都知道这个并不是长远之计，只要幻陌再次发动攻击，天空下一次破裂可能会来得更震撼，甚至会直接毁灭人间。

当大家都在努力寻找计策之时，小桃却再次离开了白清泉，她暗中留下了一种只有夜洛珈才会明白的求助信息，然后在与夜洛珈首次相遇的小屋等待他的出现。

3.

世界大乱，飓风四起，处处鸮啼鬼啸，森然可怖。小桃像个无助的孩子般躲在角落里，在破烂的屋子里，被冷雨暴风打得瑟瑟发抖。

夜洛珈一路小心，多次确认自己没有被跟踪，才敢踏入破烂的小屋。

“小桃！”夜洛珈一见颤抖不已的少女，立刻担忧地跑上前，完全没有担心小桃或许会给他一击。

小桃用力抬起虚弱不堪的脑袋，脸色苍白，夜洛珈光只看一眼就已经心酸了。

“小桃，你怎么了？哪里受伤了吗？”

"之前跟我一起的那个瞎子……原来他是幻陌的秘密杀手，我的其他四个内脏差点被他抢了，跟他大战一回，我现在很虚弱。"

"什么?"夜洛珈咬牙切齿地埋怨一句，谨慎地问道，"那么他现在人在哪里? 他还在追踪你吗?"

小桃摇了摇头，讽刺一笑："死了，他明明快要赢了，却死得意外。后来我才知道，原来这是命运的安排，我身边所有的人都会陆续死去，就像风翼一样。"

夜洛珈微微一愣，开始仔细研究风翼的事情，半晌，再忍不住好奇地问道："小桃……可不可以告诉我，你就是尸妃吗?"

小桃的声音变得哽咽起来，眼泪也缓缓落下了："大巫师说得对，我天生就是属于死尸的妃子，谁接近我都会死。洛珈，你害怕吗?"

"怕! 谁不怕死? 但我不会死，也不会让你有事的!"夜洛珈捧起小桃的脸颊，自信满满地说道，"小桃，你现在相信我是唯一爱你的人了吗?"

小桃虚弱地点了点头，纤手轻轻伏在夜洛珈的胸膛上，羞答答地低着头，问道："但是我之前曾经利用过你，你还会相信我吗?"

"当然! 无论你变成怎样你都是我的小桃，我不介意你的过去，只要你以后别再离开我就行了!"

"那么在战争平息之后，你离开赏金区，跟我远走高飞好吗?"小桃的纤手游移到夜洛珈的脖子后，妩媚的眼神偷偷看了他一下，就像无形的勾魂术，吸引着着迷的男子渐渐贴近……

只见小桃羞涩地低着头，没有抗拒之意，夜洛珈不禁加倍放肆，薄唇猛地贴上迷人的樱唇，就像捉到期待已久的猎物般兴奋!

夜洛珈犹如一只兽性大发的猛兽，一边吸取小桃嘴里的精华，一边用大手贪婪地抚摸着她。小桃不禁颤抖起来，下意识别过脸去，樱唇好不容易才摆脱了紧凑的束缚。

“小桃，不用担心，我一定会好好对你的！”夜洛珈的唇再次凑近小桃，心急得直想立刻吻下去。

“我不是担心你不会好好对我，只是怕你看见我的真面目之后会后悔。”小桃扁住双唇，一脸委屈和不安。

“小桃，你在说什么傻话呢？这张不就是你的真面目吗？”夜洛珈心急得一边轻吻着小桃的脸颊，一边随意发问。

“这张脸是我以前的样子，但我现在已经有所改变了。”

夜洛珈愕然地抬起头，依旧撑着身体来看小桃，不愿保持更远的距离。

小桃抿了抿唇，眉头紧锁，但双手最后还是游移到额头，把最后一张人皮面具慢慢地撕下来……

“啊！”突然，一边黑色的脸颊呈现眼前，夜洛珈吓得猛地跳了起来！

小桃撑起身体，怯怯地看着夜洛珈，轻若无声地喃喃道：“后来因为被黑夜流沙入侵过身体，所以我的脸就变成这样了，现在我体内都有黑夜流沙，或者大巫师说的话真的会实现，如果你跟我亲热，黑夜流沙可能会流进你的体内……洛珈，如果你现在放弃还来得及，我想听你的真心话，如果你真的接受不了，我不会勉强你的。”

夜洛珈害怕得连嘴巴也合不上了，好不容易才吐出一句结巴的“对不起”，然后冲动地跑了！

小桃一点都不惊讶，她知道这才是人的真性情，也知道夜洛珈喜欢的只是她的相貌，他从来没有真心爱过她。

宛如跟魔王相处了一个恐怖的夜晚一般，夜洛珈从屋子里跑出来之后，一直没有停下脚步，急忙赶回赏金区。他不知道自己要怎么做，或者会跟幻陌一起对付尸妃，又或者需要一段平复的时间，但他很清楚，他跟尸妃将要成为真正的敌人了，从这一刻开始，他不再心软。

突然，正在夜洛珈紊乱不安的时刻，一个熟悉的身影阻挡了他的去路。夜洛珈再次遇到小桃，她却露出了一副肃杀的表情，犹如视死如归的战士。

“小桃?”夜洛珈惊讶一振，虽然身经百战，但面对传说中的尸妃，竟然有一种无法抑制的恐惧。

“你们男人一个又一个都是这样，看见我的真面目就忘记之前说过有多爱我！既然你们忘恩负义，我也没必要再对你们好了！所有见过我真面目的人都不可能活命回去，你也不会例外！”小桃突然好像患有精神分裂的病人一样，现在和刚才完全变了一种性格，也是夜洛珈以前从来没有见过的残暴的一面。

小桃的锁链突然捆绑了夜洛珈的脖子，一手把他扯到面前！

看着这张可怕的脸颊，在死亡的面前，夜洛珈突然惊醒，前所未有的意志让浑身充满了力量，但夜洛珈并没有挣扎，大手偷偷游移到小桃的腹部前，突然动气，狠狠一抓，把小桃的肝脏扯了出来！

锁链的力度突然放松了，小桃弛魂宕魄地瞪大了眼睛，虚弱地后退了两步，一时之间仿佛无力还击。

夜洛珈确定自己正是尸妃的死敌，莫名的兴奋突然充溢头脑，立刻把其他三个内脏也抽了出来！

小桃终于虚弱不支，跪倒在地上，但死心不息的纤手还想抢回夜洛珈手上的内脏。见状，夜洛珈立刻把内脏抱紧，连忙跑开，却没有勇气杀掉这个奄奄一息的少女。

她知道现在夜洛珈怕死了，但又兴奋若狂，她知道他会回去的，带着她的四个内脏回赏金区。

小桃奋力站起来，回头看着狼狈逃离的背影，嘴角突然勾起虚弱却诡异的笑容。

4.

幻陌失去了巫师，不能再准确地辨认尸妃的内脏，只能靠自己所知道的一些小测试。最后以80%的相似程度确认是尸妃的内脏，而且夜洛珈之前带来的确实是尸妃的心脏，所以幻陌剩下的20%就被夜洛珈填补了。幻陌兴奋地给夜洛珈赏封为赏金区总司令，以后除了自己之外，夜洛珈就是拥有最大权力的人了。

得到如此重赏，夜洛珈的心终于平静下来了，开始相信自己这么做是没有错的。与其跟着一个已经毁容的女人死去，不如当一个有权有势的人，以后要什么就有什么。事情到了这个地步，夜洛珈不得不这样安慰自己。

为免举行仪式过程被突击，幻陌把夜洛珈也带到了古寂王族的古墓。这是幻陌首次带大巫师以外的人来到这个代表着自己的秘密阵地，这片风水地是古寂王族里面最旺的一块地，也是最神圣和隐蔽的，甚至比其他古墓还重要。

幻陌把其他四个内脏放在连小桃都不知道的一个秘密阵图上面，突然兴奋地大笑起来："只要把能力已经进化到极限的尸妃变成我的祭品，我幻陌就会天下无敌了！哈哈——"

拉长的笑声在广阔的空间里徘徊，令人泛起了毛骨悚然的恐惧，但夜洛珈不敢有半句怨言，继续当一个守卫，乖乖地保护着认真祭奠的幻陌。

夜洛珈不禁回头偷看了一眼，幻陌居然把自己的所有脉搏都割破了，甚至剖开了自己的胸膛，让五脏赤裸裸地袒露在神灵面前。

只见尸妃的五脏竟然神奇地渗入了幻陌体内，而且与他的血管接上了，因为失血过多而变成骸骨般瘦削的幻陌，突然又被血液填充，像个气球般丰满起来。

幻陌再次嘶声大笑，震撼整个地下墓穴，犹如地动山摇一般。夜洛珈立刻别过脸去，他害怕这个已经变成无坚不摧的魔鬼，生怕他一时愤怒就把自己杀掉了。

突然，幻陌的笑声嘶哑地卡住了，夜洛珈愕然回头，只见幻陌昂首挺胸，姿势还在大笑中，却定格在原地，面朝天花，脸色发青，眼珠反白！

“主子，怎么了？”夜洛珈有点担忧，却又不敢靠近幻陌。

只见幻陌欲极力想说话，眼睛却突然瞪得更大了，嘴巴吐不出言语，却吐出了一摊鲜血！幻陌猛地捂住心脏，上气不接下气地咳嗽起来！

事到如今，夜洛珈不得不跑上前看清楚究竟，只见重新安置在幻陌体内的五脏竟然幽暗如紫！

看着幻陌咳得连话也说不出来，夜洛珈突然想起幻陌曾经命令自己找过的世界上最毒的一种传染毒药，当时他选择种在千雪体内，但如今居然传染到了幻陌身上？

夜洛珈惊骇地跌坐在地上，屁股传来的疼痛直窜大脑，他这才迟疑地发现，原来小桃根本没想过要活下来，那是一个局，小桃引夜洛珈把自己已经服毒的五脏一一带走，当有毒的五脏与幻陌的血液混合在一起，就会被刺激然后一发不可收拾！

夜洛珈呆呆地看着痛苦挣扎的幻陌，哭笑不得。原来，无论是开始还是结束，他也只是小桃的一只棋子而已。

幻陌虚弱地看着夜洛珈，居然向手下伸出一只血淋淋的求救的手：“洛珈，你是我最得力的助手……你救我……救了我之后，我把赏金区给你……”

“主子，我要怎么做？”夜洛珈猛地爬起来，走上前扶住幻陌。

突然，一幕幕奇怪的画面竟然窜进夜洛珈的脑海，犹如一个人的回忆！

幻陌移植的只是尸妃的五脏，但他竟然复制了尸妃的回忆？

这是小桃最深层的悲恸，她一次又一次被大巫师强行割破脉搏，把血液流进容器里面，为当祭品而做好准备。

“我是人，我有心跳，为什么我一出生就要当祭品！”小桃的声音仿佛突然冲进夜洛珈的大脑，犹如一个歇斯底里却彻底崩溃的孩子。

小桃失去了爱情，失去了唯一的信任，她决定把黑夜流沙引入古寂王族，把这些魔鬼统统杀掉！

黑夜流沙入侵了她的脸颊，绝色绝世的容颜被毁掉了，她在痛苦中挣扎，却极力找寻生存的空间！

她要活下来，她要比幻陌长寿！

原来，这个只是小桃简单的愿望而已；原来，她一直都没有得到过快乐。

身为一个曾经爱过她的男人，夜洛珈的心突然之间垮掉了，他觉得自己是全世界最可耻的人。

“洛珈！你干什么！快给我去赏金区带解药回来！”幻陌用尽力气拉了拉夜洛珈的手臂。

夜洛珈沉沉低头，凝重地看了幻陌好几秒。

突然，夜洛珈做了最后的决定，他转身离去了，当幻陌以为他正要回赏金区去时，夜洛珈走到坟墓门前又突然回头。

他把幻陌体内的五脏吸了出来！

“不要——”幻陌仿佛察觉到夜洛珈要造反了，顿时吓得三魂出窍！

夜洛珈没有给幻陌挽回的机会，在冲动的一刻，他把尸妃所有内脏都捏碎了！

第十二章

如果恋爱到了极限

1.

“要不要杀了我?”夜洛珈竟然傻得站在古墓前等待，等待着死神的来临。

小桃来到古墓面前，一点都不畏惧，也没有向夜洛珈求饶，只是对他的第一句话感到惊讶而已。

小桃没有问为什么，只是讽刺地喃喃道：“我已经失去了五脏，没有能力杀你。”

“对不起……”夜洛珈发现自己根本无力正视小桃。在这短暂的时间内，他的内心世界做了无数次挣扎，他的心很乱，他不知道自己应该怎么做，但他开始发现自己后悔了。

“那是人之常情，你不用跟我道歉，而且我也没做过对得起你的事。”扮演弱者角色的小桃依旧冷傲。

“我是真心想跟一个我喜欢的女孩道歉。”夜洛珈一步一拐地走到小桃面前，大手不禁游移到小桃发黑的脸上，瑟瑟发抖地抚摸起来。

“你这是什么意思?”小桃讽刺地问道。

夜洛珈虚弱地看着小桃，眼里却充溢了无尽的哀求：“如果我现在后悔……还来得及吗?”

“你接受得了这样的我吗?”小桃的表情依旧冷傲，却又十分镇静，令人分不清她到底在想什么。

“抢了你的内脏之后，我发现……我的心很乱……我在假装兴奋，但我其实一点都不高兴！幻陌复制了你的记忆，我感受得到你的痛苦，我想保护你，我想让你重新做人！”夜洛珈的话越来越有气势了，可惜小桃还是这样目无表情地盯着他，没有任何反应。

“小桃……不要这样，你打我骂我也好，开口说一句话吧！”

小桃苦涩一笑，充满了讽刺。她低下头，看着轮椅上的古寂：“他吻过我另一边脸……他毫不犹豫地跟我说我依然是最美的……曾经……我分不清他是不是真心爱我，所以我做了一个试验……结果，我成功了，我得到了爱，可是换来了他的生命。洛珈，我也衷心跟你道歉，从一开始到现在，我对你都没有感觉，我只是一直在利用你，其实，你也蛮可怜的。”

夜洛珈呆呆地看着古寂这个睡得甜甜的美男子。他的确很帅，就算睡着了，还是散发着一种令人无法抗拒的魅力，但他最吸引人的不是外表，而是他的真心。到了这一刻，夜洛珈才发现败给这个瞎子的原因——自己不够爱她。

“对不起……小桃……我可以抱你一下吗？真心地让我抱一下……”

小桃狠心地摇了摇头，冷冷地说道：“这个世界上，除了全心全意为我付出过的风翼和古寂之外，其他人没有权利抱我。”

夜洛珈突然知道自己应该怎么做了，他没有跟小桃告别，因为他舍不得。

二人背对着背走开，小桃向着自己的坟墓走得越来越近了。

幻陌和尸妃的气息都消失了，震荡的天空缓缓平静下来，裂缝却没有愈合。小桃把幻陌已死的消息还有自己接下来的秘密行动通知伊雪熙，让白清泉立刻采取行动。

柳亸莺娇，春色满园，紫黄色的霞光从遥远的天空照射下来，小桃推着一台轮椅，走向跟天空越来越接近的地方。

这是他们第一次一起观看晚霞，这也是小桃这辈子见过的最美丽的风景。

“你说，我们就在这里定居好不好?”小桃搭着男子的肩膀，低头去看他的脸。他安详地睡着了，嘴角依旧挂着一道恬静的微笑，虽然他没有说出口，但小桃依旧可以从这微笑之中看得出他在放任让她做决定。

明天就是五月七日，是她出生的日子。小桃坐在轮椅旁边，靠在男子的肩膀上，弯起苦涩却灿烂的笑容："十八年了，我活够了。多谢命运，让我遇到了你，我等了十七年果然没有枉过。”

小桃搂住了男子的手臂，紧紧地，犹如昔日被他抱紧，冷风呼啸而来，却依旧温暖。

她缓缓闭上了眼睛，她将要在这里睡着，两个人躺在一起，永远地睡着。

血色的眼泪滑过脸颊，穿过没有心的胸口，逐渐流到泥土里。

尸妃的坟墓缓缓下沉，把两个恩爱的人种在同一棵树里，永不分离。

五月七日七时七分七秒，春天把生命还给了命运之神，魔界的春季结束了，爱情却永远锁在树根下。

2.

古寂失踪之后，小桃随后也失踪了。在大家惊慌失措时，夜洛珈却解散了赏金区，这令白清泉感到加倍不安，犹如暴风雨前夕一般的宁静。可是夜洛珈接下来也没有任何动静，当白清泉四处寻找古寂和小桃的时候，司泽和橘子却在古寂王族的古墓上发现了一棵鲜艳的血树。他们永远也不会忘记，这是一个由人的血液灌输营养而建立起来的残酷植物。它种着一个灵魂，所以才可以茁壮成长，不，或许这一棵血树，种了两个灵魂。

橘子突然感到一股温柔的气息，前所未有的舒适。她仿佛看见了他们的微笑，十八年来，尸妃一直忐忑不安的心终于可以平静下来了。

司泽和橘子没有再继续寻找古寂和小桃了，转移目标回到白清泉。

听见二人带回来的消息，日凉第一时间偷望了夏雨瞳，但他选择了沉默，什么也没有说。

翌日，日凉收拾了包袱，来到夏雨瞳的房间。

看见好像坚决要走的日凉，夏雨瞳除了感到莫名惊讶之外，单纯的脸上浮现了一丝恐惧。

“凉，你要去哪里啊？你要丢下我吗？”不知道为什么，夏雨瞳竟然有这样的想法，但她实在压抑不住，她已经像一个要被妈妈丢在孤儿院的孩子般浑身发抖了。

“傻瓜，我要走会把你丢下吗？”日凉走到夏雨瞳面前，把她的小脑袋拉到自己胸前，再温柔地命令道，“现在事情应该算是结束了吧？我们去旅游吧！你应该没去过外国吧？”

夏雨瞳嘟着嘴巴，可怜兮兮地望向日凉：“但是我没有签证啊！”

“……”日凉顿时被这丫头害得哭笑不得，“好吧，那么在国内旅行吧！去海岛好吗？那里的风景也很漂亮，还有一个小区是建立在岛屿上面，我们就去那里度假吧！”

“你有这么多钱吗？”

“你管我！”

“……”

最后，夏雨瞳还是被日凉强行带走了。虽然白清泉首领觉得局势未定，仍然需要他们的帮助，但是看见他们小两口幸福的笑容，白清泉首领便把自私的想法藏起来了。

其实日凉早料到第一次坐飞机的夏雨瞳会不太习惯，没想到光是登机期间就乌龙百出，工作人员也不禁看着夏雨瞳偷笑，但日凉竟然不再为这种事情感到羞耻，反而跟别人一起偷笑了。

走进机舱，夏雨瞳一直扁住双唇，什么也没说，却不时偷偷瞪日凉一眼。

飞机起飞后，夏雨瞳被突然往后倒的感觉吓了一跳，不慎低喊了一声，却立刻捂住自己的嘴巴。

日凉再次偷笑起来，但这一次格外放肆，夏雨瞳终于忍无可忍，轻轻捶打了日凉的胸膛一下，气鼓鼓地低骂道："喂！你这是带我去旅行还是存心戏弄我？"

日凉托着脸颊，笑嘻嘻地看着夏雨瞳，嘴巴却依旧残酷可恶："为什么我会这么喜欢你呢？你长得像个傻瓜，又没有头脑，又冲动，想干什么事永远都不会在乎我的感受。为什么我会喜欢你呢？真的猜不透！"

夏雨瞳眉头紧皱，嘴巴扁起来，面容也微微扭曲了，好像快要哭出来的样子。无助的夏雨瞳又捶打了日凉一下，气鼓鼓地反驳道："既然我没头没脑的，你干吗要带我去旅游？待会儿到海岛小心被人笑啊！要是遇到性感又漂亮的美女你就去追吧，我不在意！"

"真的吗？真的不在意？"日凉语带挑逗道。

"我夏雨瞳才不屑呢！"

"夏雨瞳你以前不是又做便当给我吃，又帮我家清洁，又担心我觉得你不够漂亮，害怕这个害怕那个的吗？现在到底怎么了？复活之后就变得这么嚣张？难道是因为我对你太好了吗？"

"好什么！你对我好的话就不会跟别人一起笑我啊！"

"我笑你是因为觉得你可爱啊！"

夏雨瞳一闻，不禁震惊地愣在原地，嘴角缓缓扬起幸福如糖的笑容，怎么样也无法下垂。

日凉捧着她的脸颊，又忍不住捏了一下："我还是比较喜欢你原来的样子，傻乎乎的。"

"谁傻了？我这叫可爱！"

"是的！是的！你是全世界最可爱的人，是我日凉最最最爱的女朋友！"日凉索性把夏雨瞳搂入怀里，低头轻轻亲了亲她的额头。挑逗的笑容从鼻尖滑落到俏丽的桃唇上，欲压下去时，却又被这张令人迷茫的脸颊给震惊了。

夏雨瞳失落地抿了抿唇，虽然明知不应该，但还是忍不住冲动脱口：“你是不是……分不清我是熙妍还是雨瞳啊?”

“我分得清!”日凉轻轻抚摸夏雨瞳的脑袋，用嘴巴吸了夏雨瞳的桃唇一口，在保持了一厘米左右的近距前，自信满满地说道，“我很早以前就分清楚了，你是雨瞳，是我最爱的雨瞳，无论你变成谁的样子，你的灵魂始终是那个小傻瓜。”

日凉轻轻抚摸着夏雨瞳的脸颊，眼眶竟然莫名地红了，声音也哽咽起来：“雨瞳，答应我，无论以后我们会变成怎样，世界变成怎样，你都要开开心心，不许再哭，知道吗?”

“嗯!”夏雨瞳用力地点了点头。虽然她无法理解日凉话中的深意，但胸口竟不禁隐隐作痛。

他们在海岛待了几乎一个月，虽然夏雨瞳十分不舍，但日凉心急地要带她走遍全国各地。

七月六日，今天夏雨瞳感觉特别的累，本来说好了要去爬山，但计划无法实行了，因为夏雨瞳竟然累得连起床也感到吃力。

日凉却没有带她去看医生，只是默默地陪在左右，甚至连吃饭的时候也是叫外卖。

夜深人静，日凉依旧坐在夏雨瞳的床边，让疲惫不堪的她不忍入睡。

“凉，你不累吗?”夏雨瞳问道。

“不累，今晚让我陪着你睡好吗?”日凉一边抚摸着夏雨瞳的秀发，一边问道。

夏雨瞳下意识捂住胸口，提高警觉：“你想干什么?”

“拜托！我是很单纯地想抱着你睡觉而已!”

只见日凉哭笑不得的样子，夏雨瞳觉得自己太可恶了，不禁扁了扁唇，答应了日凉的要求。

这一晚，日凉根本没有入睡，一直看着夏雨瞳甜美的睡相，幻想着昔日那个蘑菇头娃娃。

七月七日七时，夏雨瞳出生的日子到来，第七分七秒，天使的光柱突然降落人间，把夏雨瞳吸住了！

日凉知道夏雨瞳是由灵魂碎片组成的短暂生命体，仿佛早料到会有此结局，虽然不惊讶，但到了这一刻，日凉还是感到心如刀锉，不禁用尽力气抱紧夏雨瞳。

夏雨瞳很想睁开眼睛多看日凉一眼，很想呼喊他的名字，可惜她就像是被封锁在一具尸体里面的灵魂，身不由己。

日凉明明抱紧了夏雨瞳，打算跟她一起被吸走，但夏雨瞳的身体竟然缓缓从日凉的束缚里滑出，二人在光柱中被迫分开！

一股强烈的热能渐渐把日凉融化了，他感受不到燃烧的痛苦，心脏却犹如被活生生撕裂一样，但只能目断魂销地看着夏雨瞳逐渐远离自己的视线。

夏雨瞳感受着日凉的身体被无辜地溶解，却只能流出湿润像血一样的泪水，而无法为他再做出任何反应。

七月七日七时七分七秒，夏天把生命还给了天空，但在最后一刻，她还是违背了对他的承诺。她哭了，泪水一滴一滴流进心里。

3.

古寂王族古墓上的天空裂口愈合之后，七月七日后的九宫王族古墓天空上的裂口也愈合了。一棵血红色的大树在山顶上独自成长，孤苦伶仃，却屹立不倒。

发现这一幕之后，白清泉多次联络日凉和夏雨瞳，却再也找不到他们的踪影了。

其实，橘子和伊雪熙都心里有数，到了十月七日，橘子的灵魂也会归还给命运，到了十二月七日，伊雪熙也会落得和她们一样的下场，但是她们都不想死，更加不希望看见她们消失。

为了保护二人，白清泉除了留下一部分人观察天空变化之外，其他人全部四处搜集资料，希望可以阻止橘子和伊雪熙变成血树。

在调查之下，橘子突然发现了血花王族的古墓在魔界的位置，竟然跟人间玫兰玥血树的位置十分相似，于是橘子便决定前往玫兰玥的血树一看究竟。

玫兰玥不喜欢白清泉的人，更加讨厌司泽，所以尽管司泽跟着橘子来到超市，橘子还是不能让他进门。

司泽也明白一切，乖乖待在门外，静观其变。

玫兰玥的血树一直很静，看似没有任何反应，但橘子仿佛察觉得到树根在地下微微挪动，明明很想窜出地面，却无法突破那片坚硬无比的结界。

突然，橘子站了起来，走到门前。当司泽以为她要出来时，她却把门轻轻往里面拉。

司泽失色，猛地站了起来，惊呼道："橘子，你要把自己关在里面吗？你已经两天没吃饭没休息了！"

"我想跟玥静静地相处一会儿。"

"你会再出来吗？"司泽竟然吐出绝望的话，失落的眼睛里充满了期待与哀求。

橘子不忍地别过脸去，用力转身，留下了一句温柔的话："说起来我真是有点饿了，你在大屋里面准备早餐等我好吗？"

司泽像个小孩子般笑逐颜开，立刻带着欣喜若狂的笑容告别了橘子。

橘子深深吸了一口气，看着逐渐远去的司泽，泪水竟然刺痛了眼睛，冲破压抑已久的堤坝。

“我会回来的，我一定会回来的……”橘子留下最后的承诺，但她并不知道到底是给司泽的，还是给自己的。

橘子把超市的门锁得紧紧的，再次走到血树旁边。她终于由跪转成了坐，身体轻轻靠在血树庞大的身躯上。

司泽的笑脸徘徊在脑海里，她很累了，却不敢合上眼睛，她要回去，她答应过司泽，她会回去的。

死神的大手仿佛穿越了血树，轻轻搭在橘子的肩膀上。他把久违的温暖紧紧搂在怀里，但双手却无法给她以安全感，颤抖得比橘子还要厉害。

不知不觉间，大树的另一半树干居然渐渐消失了，一个女子的灵魂从血树里飘出来，带着泪眼模糊的笑脸缓缓升到天空中。

抱紧橘子的大手突然一抖，橘子仿佛也察觉到其中变化，立刻带着期望抬头。她看不见任何东西，却察觉得到从天而降的泪水，感染了这棵缺少了一半的血树。

天空突然出现了一个漩涡，像左夏的隐术一样，很快又隐藏在了云层里面。天空上明显的裂缝被这个漩涡修补了，但是参差不齐，微微摇晃，像一个正在抵挡万千兵马的人墙。

“左夏……她牺牲了自己来成全我们……”突然，一个久违的声音响起，橘子震惊得目瞪口呆，她屏声息气，久久不敢抬头。

渴望像潮水般一波又一波地冲破眼眶，橘子终于忍不住抬头，但她只看见一个模糊的影像，似是遥远的屏幕画面。橘子猛地伸手，欲抱住好像在飘离的身躯，却被一层莫名的结界阻挡了，她的双手只能伏在虚幻的影像之上。

“虽然今天是人间的九月二十七日，但魔界的阴历跟人间的阴历倒转，所以今天正是魔界的十月七日。"虚幻的声音再次响起，橘子清楚地看见他的嘴唇在翕动，不禁激动得用影子真言画出好几只猛兽，欲撞破结界。

"橘子，冷静点，听我说！"

橘子一闻，立刻收起了影子真言，紧紧贴在结界面前，擦干泪水，欲把玫兰玥看得更清楚。

玫兰玥却极力保持镇定，冷静地给她安排任务："到了七分七秒的时候，命运会把你吸进魔界，变成第三棵血树。必须由四大公主的血树建立成的结界才能把黑夜流沙封锁起来，但我不会让你死的，等一下光柱出现的时候，我会掩护你，记得往西边跑，一直跑！什么都别管，知道吗？"

"不要！玥，我不要你死！不要！"

"橘子，记住我的话，不要孩子气，好吗？"玫兰玥偷偷举起了大手，仿佛想再次抚摸橘子的脸颊，却又无奈地收了起来。

"为什么你可以这么狠心？玫兰玥你这坏蛋！难道你真的要我恨你吗？要我一辈子用痛苦来记住你吗？"橘子拼命捶打坚硬的结界，却无法触及玫兰玥的胸膛。

这一刻，玫兰玥清清楚楚看见一个小女孩，一个无助绝望的小女孩，可怜得甚至让他坚硬的心也有点动摇了。

"橘子……如果我现在才说那句话，你还会相信我吗？"玫兰玥终于忍不住再次伏在结界上，犹如在轻轻抚摸橘子的俏脸。

"信！你说的所有话我都会相信！"

"橘子……"玫兰玥的双手也不禁伏在结界上面，薄唇隔着模糊不清的障碍物落在橘子的额头上，眼角流下两行模糊的液体，"我爱你……所以我要保护你……"

"玥……不要……求求你不要再丢下我了！一起锁在血树里面吧，

我不会再离开你了！”橘子吐出最后的决定，可是玫兰玥已经不再稀罕这个结局，因为左夏的牺牲，令他看见了另一片天。

“这是命令！我给你最后的命令，不可以违抗！”语毕，玫兰玥竟然狠心地向后退，橘子极力往前走，她感觉自己的身躯好像可以穿越结界了，可是她和玫兰玥都一直在动，无论她跑得多快，玫兰玥还是跟她保持了一段非常遥远的距离，无法触及。

橘子不想明白，但她的确很清楚，二人永远分隔在两个明明看见身影却无法触及的世界。

光柱猝不及防地降落在玫兰玥的身上，他继续往西面跑，仿佛在引导橘子。

她跟玫兰玥离得很远很远，跟司泽也失去了联系，仿佛被孤独地丢弃在第七次元界里面了。

十月七日七时七分七秒，命运会把第三棵血树种在血花王族的古墓上面。她一直跑，没有停息地追逐玫兰玥的身影，渐渐地，她失去了方向……

4.

司泽发现天空的变化后，疾速赶到超市，庞大的空间里，却只剩下一棵枯毁的血树，橘子的身影消失了，司泽的心脏都要被挖空了！

司泽立刻赶到血花王族，古墓上果真出现了一棵血树，看起来却十分虚弱，仿似空洞没有灵魂的躯体。

白清泉所有同伴都极力劝告司泽接受橘子已死的事实，但司泽一直天真地认为，这棵血树里面没有灵魂，橘子没有死！

看见小桃、夏雨瞳和橘子陆续变成血树，伊雪熙也知道自己无法逃避，但她唯一的愿望就是不要连累夜烽。

命运反复无常，小桃和夏雨瞳的死亡都是按阳历计算的，但橘子居然被阴历戏弄了。伊雪熙仿佛看见了命运之神的邪笑，她在笑看着她们被玩弄于股掌之中。

伊雪熙出生在阳历十二月七日，在魔界来说，阴历就是十一月二十七日。

十一月十四日是韩国的电影情人节，自从凉以凡死后，夜烽和伊雪熙一直没有庆祝过情人节，对于捉摸不定的未来，夜烽不得不为他们提早做准备。

其实伊雪熙也心里有数，她握着夜烽准备的电影票，心里越来越空洞。

终于，伊雪熙提起了行李，踏出了离开的步伐。

她知道自己难逃一死，但她希望夜烽能够好好活下去。在血花王族的血树也建立起来之后，伊雪熙发现人间的四棵血树跟魔界四个王族的古墓位置是对应的，同样连成一个“心”字。

十一月十四日，这是一个伊雪熙不应该出现在凉以凡面前的节日，但她实在压抑不住孤独与恐惧堆积起来的不安，还是来到了凉以凡的血树面前。

一个人间，一个魔界，这是最讽刺的证明。当初是她放弃了凉以凡，他却为自己牺牲了生命，现在伊雪熙是时候把一切都还给他了。

伊雪熙坐在凉以凡的血树旁边，割破了自己的脉搏，让血液成为凉以凡的肥料。血树对血液果然是特别敏感，就像管子一样用力地吸收着伊雪熙的血液，甚至泪水。

“以凡，你在这里待了这么久，寂寞吗？”伊雪熙扬起苦涩的笑容，虽然血树没有任何反应，但她还是继续傻傻地发问，“以凡，其实……你有恨过我吗？你有没有怨过我变心了？有没有想过，如果夜烽不是你哥哥，你会把我抢回去？我现在说这些是不是很卑鄙？我害死了你，令夜烽一直无法开怀，其实我什么都得不到……真的……什么都得不到……”

伊雪熙沉沉地躺在树干上，一双温柔的大手却从后面轻轻把她环绕。伊雪熙的视线已经模糊了，她决定放弃去看清楚后面的人到底是凉以凡还是死神。

炽热的薄唇熟练地从秀发慢慢滑落到耳朵，轻轻吸吮敏感的耳垂，然后又滑落到光洁的脖子上。他诡异地舔了舔伊雪熙的脖子，像一只吸血鬼，令人毛骨悚然。当伊雪熙绷紧了神经，默默等待死亡时，他却没有咬下来。

慢慢地，背后这双手竟然沉沉下坠，伊雪熙担忧地回头，差点喊出凉以凡的名字时，却发现了另一张亲密无间的俊脸！

“夜烽？”伊雪熙惊骇地扶起夜烽，他却像一个中毒已深的人，不，更像当初他从黑夜流沙逃出来之后的样子！

当伊雪熙手足无措之际，血树突然枯毁，在人猝不及防的时候猛地掉下来，却偏偏没有砸中伊雪熙！

看见这一幕，夜烽终于不得不承认小桃的话，这是命运的安排：“以凡的魔力消失了……对不起……我等不到十二月七日……”

伊雪熙猛然回神，用力扶起夜烽的身躯，怆地呼天地哀求道：“你撑着！我带你回家，父亲一定有办法救你的！”

“雪熙……不要逞强了……这是……命运的安排……”夜烽不但无法独自站起来，就连说话的力气也几乎殆尽了。

“你胡说什么？你当初不是可以起死回生吗？这一次也不例外的！”伊雪熙继续拖着夜烽的身躯向前走，尽管大雨哗然落下，把人压得更沉重。

在四面八方的攻击之下，伊雪熙的泪水终于决堤了，她像个无助得声嘶力竭的孩子，夜烽再也没有力气去安抚她，只能沉沉睡倒在她的肩膀上，成为了她最重的包袱。

"要死的不是四大公主吗？司泽都没有死，为什么你要死？为什么——"怆地呼天的声音划过天地，但神灵再也没有多给她一个免死金牌，世界一片死寂，她找不到希望的出口。

白清泉为了保护最后的公主，决定就算找不到方法，也至少为伊雪熙建立一个人墙结界。

十二月七日，伊雪熙站在枯毁的血树面前，白清泉等人却形成了一个心形围墙，以全部灵力来建立稳固的结界。

七时七分七秒，这个可怕的时刻来临，用雪冰封的夜烽的尸体却被强烈的热能融化了。

伊雪熙紧紧抱着夜烽的尸体，根本无法抵抗太阳的威力，巨大的光柱把整个结界都包围了，光很刺眼，他们看不清一切，伊雪熙却亲眼看见他们一个个消失……

十二月七日七时七分七秒，冬天被带走了，四季失去了神的主宰，却恢复了最原始的状况。人类重新踏上熟悉的道路，却没有人发现曾经有一群英雄在水深火热的时候为他们牺牲了。

天空的裂痕完全修补了，四大公主却只是形成了一个"心"的线条，真正封锁了第七次元界的结界的，居然是一个神，一个为了弥补自己的罪行、选择了自我牺牲的神。

命运之神的偏执造成了世界大乱，让四大公主落得无法安宁的悲惨命运，最后甚至害死了自己的儿子。或许这是新命运之神的安排，有因必有果，有罪必有罚。她得到了最严重的惩罚，但她终于释怀了。

白清泉消失了，司泽找不到回家的路，在陌生的街道上，也找不到熟悉的人。

每当司泽觉得自己是全世界最孤苦苍凉的人时，他就会望向天空，这一刻，他再次看见一个若隐若现的阵图，像一个母亲的微笑，温暖无比，更像一个守护神，无处不在。

在寂寞的煎熬下，司泽选择努力地生存下去，他继承了橘子的理想，一个人去做环保宣传，因为他深深记得橘子的一句话——“全球变暖后，空气难以预测，捉摸不定，这些不都是由各类生物一手造成的吗?”

他要阻止人间步魔界的后尘，或许在耗尽了努力之后，橘子就会回头来找他。